JN024509

勇者召喚に巻き込まれたけど、
異世界は平和でした 11
灯台
Illustration おちゃう

アイシス

メギド
リリウッド
クロムエイナ
アリス

宮間快人《みやまかいと》
マキナ

勇者召喚に巻き込まれたけど、異世界は平和でした 11

灯台
イラスト　おちゃう

新紀元社

CONTENTS

プロローグ……9
第一章　幸せな時間……14
第二章　再来する天使……99
第三章　貴方に捧ぐ想いの花……139
第四章　リスティア・アスモデウス……188
閑話　静空のオズマは語らない……209
第五章　機械仕掛けの神の助言……219
エピローグ……304
[Special]キャラクターデザイン大公開……306

STORY

勇者召喚に巻き込まれ、平和な異世界『トリニィア』で暮らす宮間快人。冥王クロムエイナ、死王アイシスと特別な関係になり、さらにはジークリンデやリリアとも心を通じ合わせることに。約束だったアリスとのデート中、ふたりの前に地球神エデンを名乗る存在が現れる。そしてアリスの過去を知った快人は……。

CHARACTER

異世界転移組

宮《みや》間《ま》快《かい》人《と》

奇縁に恵まれた大学３年生。穏やかでお人好しな反面、物怖じせず自己主張をするところも。両親を事故で亡くして以来、殻に閉じ籠もっていたが、クロと出会い、前向きになった。『感応魔法』が使える。

楠《くすのき》葵《あおい》

高校２年生。陸上部所属。育ちのよさが窺える優等生だが、意外にもゲーム好き。

柚《ゆず》木《き》陽《ひ》菜《な》

高校１年生。葵と同じ陸上部所属。天真爛漫だが、少し怖がり。正義とは幼馴染み。

光《みつ》永《なが》正《せい》義《ぎ》

高校１年生。陸上部所属。勇者役として各地を訪問するため、快人たちとは別行動。

魔界組

アイン

クロムエイナの『家族』。万能・凄腕のパーフェクトメイド。クロムエイナ絶対主義者。

ノイン

クロムエイナの『家族』。大正時代の日本からやってきた、もと人間。全身甲冑が基本。

クロムエイナ(クロ)

冥王。現在は少女の姿だが、実は外見も性別も変えられる。明るく無邪気で、大人びた包容力もある。ベビーカステラと快人のことがお気に入り。

リリウッド・ユグドラシル

界王。世界樹の精霊。魔界の六王のなかで最も常識があり、穏やかな性格。アイシスの親友。

アイシス・レムナント

死王。この世界で最も恐れられる存在だが、心優しく寂しがり屋。快人を純粋に愛する。

マグナウェル・バスクス・ラルド・カーツバルド

竜王。世界最大の生命体である高位古代竜。礼儀を重んじ、魔界の六王のなかでは常識人枠。

イルネス

リリアに仕える最古参のメイドで、幻王配下の幹部である十魔の一角、パンデモニウム。

オズマ

戦王メギドに仕える高位魔族『戦王五将』のひとり。『静空』の二つ名を持つ。

メギド・アルゲテス・ボルグネス

戦王。魔界の六王の一角。好戦的で大酒飲み。通常時、人化時、本来の姿がそれぞれ異なる。

人界組

リリア・アルベルト

公爵家の当主であり、快人たちの保護者。シンフォニア王国国王の異母妹。外見にそぐわぬ怪力で、以前は騎士団にいた。真面目ゆえに苦労性。

ルナマリア

リリアの専属メイドで親友。有能だが、人をからかうのが好きな困り者。冥王の狂信者。

アリス

雑貨屋の店主。素顔を晒すのが苦手で、着ぐるみやマスクを愛用。大のギャンブル好き。

ラグナ・ディア・ハイドラ

ハイドラ王国の国王でマーメイド族。かつて初代勇者とともに魔王を打ち倒した英雄のひとり。

クリス・ディア・アルクレシア

アルクレシア帝国の皇帝。人間と魔族の血を引き、クロムエイナのもとで暮らしたことがある。

アニマ

宝樹祭での戦いで死亡し、快人に仕えるべく甦ったブラックベアー。直情的な情熱家。

ジークリンデ

リリアのもとで働くエルフ族の女性騎士。喉に負った傷が原因で、声を失った過去を持つ。

異世界組

マキナ

快人の住んでいた世界を創造した地球神エデンを動かしている、本体にして真の神。

神界組

シャローヴァナル（シロ）

神界を統べる創造神。無表情かつド天然な絶世の美女。クロムエイナと親しい。極端なほどの平等主義者だが、快人に興味を抱き祝福を授ける。

フェイト

運命を司る最高神。驚きの面倒臭がり屋。ニートになって快人に養ってもらうのが夢。

クロノア

時間と空間を司る最高神。生真面目なために苦労が絶えない。リリアを気にかけている。

ライフ

生命を司る最高神。穏やかでいつも寝ているが、切れたときはバーサーカーと化す。

プロローグ

アリスの過去を知り互いに思いを伝え、彼女との関係が恋人に変化したあと、気が緩んだアリスは少しの間、疲れを取るように眠った。

そして目覚めたアリスと一緒に食事に行く途中で、夢の中で親友と再会できたという話を聞いた。

心具に魂を移して、アリスの夢に語りかけられる存在となった親友……眉唾な話ではあったが、心から嬉しそうにしているアリスを見ると、意外とアッサリ信じることができた。

まぁ、そもそも常識外の存在とはいっぱい知り合ってきてるわけだし、いまさら魂を武器に宿した……いわゆる九十九神みたいな存在がいたとしても、別に不思議ではない。

ただ、残念ながらその親友はアリスの夢にしか出てこられないみたいで、俺が話したり姿を見たりすることは叶わないみたいだ。

そのあとは一緒に食事をして店に戻り、雑談をしているといつの間にか夜になっていた。

アリスのところに泊まろうとした目的は、十分に達成したわけだけど……俺はまだ数日、ここにいることにして、アリスもそれを快く歓迎してくれた。

今回の件で過去のアリスを知ることはできたが、いまのアリスについてももっと知りたいと、そう思ったのも要因のひとつだ。

まぁ、折角の機会なので、アリスとの時間を楽しむことにしよう。

そんなことを考えながら、目を閉じようとしたタイミングで、控えめに部屋の扉がノックされる。

「……アリス？」

この家には俺以外はアリスしかいないので、来訪者がアリスであることは考えるまでもない。

「あ～えっと、ちょ、ちょっといいっすか？」

「うん？」

少し焦ったような声のアリスに返事をして、扉を開けると……そこには、初めて見る寝巻姿のアリスがいた。

レースの生地を何枚も重ねたような、可愛らしい寝巻に身を包んだアリスは、仮面も着けておらず、夜の静けさも相まって幻想的にすら感じた。

しかし、アリスが寝巻？　いや、まぁ、眠る必要のない体とは言っても、眠れないわけでもない。なので寝巻を着ていること自体はおかしいとは言わないけど……なんで『枕』も持ってるのかな？

「え、えっと、カイトさん？」

「あ、ああ、どうした？」

「そ、その……えっと……い、一緒に寝ても……いいっすか？」

「……え？」

頬を微かに染め、もじもじと俯き加減に告げてくるアリスは、なんだかいつもと雰囲気が違って、顔に熱が集まっていくのを感じた。

というか……一緒に寝る？　え？　そ、それって、つ、つつつ、つまり、そういうこと？

い、いやいや⁉　さすがにちょっと早すぎないか？　ま、まぁ、のちに通る道ではあると思うし、アリスは元人間だからその辺に理解があるとしても……さ、さすがに恋人になって即とかだと、俺のほうにも心の準備というものが……。

確かに俺も健全な男である。そういうことに興味がないかと言われれば……ないとは言えないし、特にいまのアリスは、普段と違って儚げな印象すらあるので、なんだか変にドキドキしてしまう。

「……カイトさん？」

「えっ⁉　あっ、その……どど、どうしたんだ？　急に？」

「えっと……その、ちょっと寂しくて……駄目でしょうか？」

「……」

おずおずと告げてくるアリスの言葉を聞いて、俺は完全に理解した。というか、自分の勘違いに気付いた。

現在のアリスに一切の他意はない。本当にただ寂しくて一緒に寝たいだけであり、そこに含む意味はないということが、いまの発言でハッキリ理解できた。

……え？　なにこれ、ひとり焦ってた自分が凄い恥ずかしいんだけど……。

「……迷惑でした？」

「い、いや、大丈夫だ。まったく問題ない！」

「そ、そうですか？」

変な想像をしていたことを悟られないように、俺は慌ててアリスを室内に迎え入れる。

そして、やや性急ながらベッドに潜り込んだ。まぁ、それは単純に変な想像をしてしまったせいで、アリスが先に入ると、あとから入ることはできなそうだったからだが……。

少ししてアリスが持っていた枕がベッドに置かれ、布団をめくってアリスが入ってくる。

直接触れているわけでもない。ただ同じ布団の中に入ってきただけ。アリスの体の大きさを考えても、スペース的な余裕はあるはずだが……なんだかやけに布団の中の温度が上がった気がした。

「……カイトさん」

「え？　なっ⁉」

「うん？　どうしました？」

気付かない内に顔を逸らしていたみたいで、アリスに声をかけられてからそちらを向くと……吐息がかかりそうなほど近くに、アリスの顔があった。

綺麗な青い瞳が俺の姿を捉え、艶っぽくすら感じる唇が、やけに鮮明に見えた気がした。

「い、いや、なんでもない⁉」

「そうですか？　し、しかし、アレですね」

「うん？」

「こうやって、一緒の布団に入ってると……は、恥ずかしいですけど……その、幸せです」

そう言ってはにかむように笑うアリスを見て、心臓が大きく跳ねた気がした。

恥ずかしげに染められた頬、寝巻の隙間から見える白い肌……特にアリスは、普段長袖長ズボンに仮面という、まったく露出のない服装だから、本当にいまの姿は新鮮で……心臓に悪い。

と、ともかくこのままじゃまずい。な、なにか話題を……。

「そ、そう言えば、アリスって、寝なくていい体みたいだけど……寝巻も持ってたんだ？」

「ええ、ほら、私って元人間だからか、なんとなく癖みたいになっちゃってるんですよ。こっちの世界に渡って来るまでは、基本毎日寝てましたね。こっちに来てからは、周りも眠らない方が多かったので、自然と眠らないことが多くなりましたけどね」

「そうなんだ」

「まぁ、私も含め高位の魔族にとって、睡眠は嗜好の範囲みたいなものですしね」

俺はわりといっぱいいっぱいだが、アリスのほうは本当に今回は純粋に俺と一緒にいたいだけみたいで、何度か嬉しそうに微笑みを浮かべたあと、そっと俺に近付いてきた。

ほんの数十㎝……それだけで体が密着するほどになり、俺の緊張も最高潮になる中、アリスは顔の半分くらいを布団の中に沈め……俺の首と胸の間に顔をくっつけてきた。

「～～⁉」

と、吐息が、当たってる⁉　ヤバい、これはヤバい……非常によろしくない。控えめな接触だからこそ、より一層アリスの温もりが伝わってきて、全身がどんどん熱くなっていく。

そんな俺とは裏腹に、アリスは俺にくっつくとどこか安心したような表情で目を閉じ、そのまま少し時間が経つと、規則正しい寝息が聞こえてくる。

なんというか、アリスが幸せそうでなによりではあるが……困ったことに俺のほうは緊張で目が冴えてしまったのか、しばらく眠れそうな感じではなかった。

第一章　幸せな時間

　寝付くのに時間がかかったせいか、若干の寝不足を感じつつ目を開けると、隣で眠っていたはずのアリスの姿はなく、微かだがいい匂いが漂ってきていた。

　朝食を作ってくれているのだろうかと思い、手早く着替えをしてからリビングに移動する。

「あっ、カイトさん！　おはようございます」

「おはよう、アリス」

　リビングに隣接したキッチンには、いつも通りの仮面を着け、白いエプロンを身に纏ったアリスの姿があった。

　アリスが俺を見て明るい笑顔で挨拶をしてきたので、それに返事をしながら台所に視線を移す。

　するとそこには、見慣れない大型の魔法具らしきものが置いてあり、そこからなんとも香ばしいいい香りが漂ってきている。

「……この匂いって、パン？」

「ええ、アリスちゃん特製の朝食です。もうちょっと待ってくださいね」

「ああ……いい匂いだ」

「ふふふ、前に言った通り、一通りのことは極めてますからね……パン作りもバッチリです！」

　そういえば、大抵のことは極めていると言っていたし、実際にアリスは楽器等も凄い腕だった。

これは朝食にもかなり期待ができそうだ……が、むしろそれ以上に驚いていることがある。

「……アリスの家、そんなにいろいろ食材あったんだ……」

「おっと、なんか軽やかにディスられましたよ？　まぁ、実際起きてから買ってきたんすけどね」

「え？　結構早い時間だけど……」

「店舗経営してる配下もいっぱいいますからね」

「なるほど」

アリスは大型の魔法具……おそらくオーブンの機能があるそれから、できたてのパンを取り出す。手のひらサイズの丸型のパンみたいで、アリスがそれに向けて包丁を一振りすると、天板に載ったすべてのパンが綺麗に上下に分かれる。

「これは、私が冒険者をしてた頃によく食べてた料理ですよ。まぁ、まったく一緒じゃなくて、材料とかはいいもの使ってますし、足の早い食材も具に使いますけどね」

「具……ハンバーガーみたいな感じなのかな？」

「ええ、似たようなものです。ハンバーガーというよりはサンドイッチですね。ハンバーガーはもともとハンバーグサンドイッチですから……まぁ、カイトさんの世界のチェーン店だと、魚のフライだったりもするみたいですけどね」

「……なんで、俺の世界のハンバーガーチェーンまで知ってるんだ、お前……」

「アリスちゃんはなんでも知ってるんですよっと……さぁ、完成です」

当たり前のようにファストフード店の話題を出してくるアリスに突っ込みつつ、完成したらしい朝食を見てみる。

綺麗に焼き上がったパンに、新鮮な野菜とスクランブルエッグっぽい具が挟まれていて、シンプルながらとても美味しそうだ。

「……誰かのために料理したのなんて、本当に久しぶりですよ」

「……もの凄く美味しそうだ」

「ええ、味は保証しますよ。私の料理はアインさんにも負けません」

「ははは、それは楽しみだ」

明るく告げるアリスの言葉に苦笑しつつ、そのまま促されて席に座る。

アリスに頂きますと告げてから、そのサンドイッチを手にとって食べてみると……アリスの自信に違わぬ素晴らしい味だった。

フワリと柔らかく、中はモチモチの香ばしいパンに包まれ、シンプルに味付けされた野菜と卵が、本来の味が高まった状態で口の中に広がっていく。

しかもそれだけではなく、スクランブルエッグの中には……なんと小さいサイコロ状の肉が入っており、その食感がとても心地いい。

朝ということでアッサリ目に味付けられている肉は、卵との相性が非常によく、小さい肉のはずなのに満足感が凄い。

「……凄いな、こんなに小さいのに肉の味が引き立ってる」

「まず大きいサイズで焼いて肉汁を閉じ込めてからカットしてあるので、旨味はしっかりと入ってますよ。香辛料は最低限にして、肉のジューシーさが際立つようにしてあります」

「なるほど……美味い」

「あはは、そう言ってもらえると、なんだか……ちょっとだけ、照れちゃいますね」

素直に賞賛の言葉を伝えると、アリスはやや恥ずかしげに頬をかくが、昨日とは違い仮面を着けているので表情が読み取り辛い。

そこでふと、アリスの仮面について疑問が湧き、折角の機会なので聞いてみることにした。

「そういえば、アリスって……前の世界にいた頃から、仮面を着けてたの？」

「あ〜いえ、着けてませんでした。この仮面は、この世界に来てから……昔の自分とは違う自分なんだって、そんな感じで着け始めたんですけど……もの凄く長い時間それが当たり前だったせいで、外すと素で恥ずかしくなっちゃいました」

「昨日はずっと外したままだったけど、大丈夫だった？」

「え、ええ……まぁ、その……カイトさんには……ありのままの私を見て欲しいなぁって……いや、恥ずかしいのは恥ずかしいですが……ほかの人みたいに、見せたいとすら思わないわけではなくてですね」

かなり恥ずかしいことを言っているのは、アリスも自覚しているみたいで、何度も視線を泳がせながらそう伝えてきた。

単純かもしれないが、その言葉は俺のことを特別だと言ってくれていて、なんだか凄く嬉しい。

「……もし、アリスさえよかったらなんだけど……」

「はい？」

「俺とふたりっきりの時だけでいいから、仮面を外してくれないかな？」

「うっ、そ、それは、えっと……」

「俺はありのままのアリスを見ていたいんだけど……駄目かな？」

「あぅ……わ、わかりました」

ずっと仮面を着け続けていたことで、仮面を外すのが恥ずかしくなった……だけど、俺にだけは素顔を見せても構わない。

アリスはその言葉通り、恥ずかしそうにしながらも仮面を外し、可愛らしい素顔を見せてはにかんでくれた。

「ま、まぁ、これで、カイトさんも私のプリティフェイスが見えて、嬉しいわけっすよね！」

「うん。本当に可愛いと思う」

「にゃぁっ⁉　そ、そそ、そこはちゃんと突っ込んでくださいよ⁉　真面目に返されると、は、恥ずかしいじゃないですか‼」

「ははは、いや、悪い悪い……でも、ありがとう。俺のお願いを聞いてくれて」

「あぅぅぅ……」

恥ずかしさからおどけるアリスに、素直な感想を伝えてみると……アリスは見てわかるほど顔を真っ赤にして、慌てる。

その様子がなんだかおかしくて、可愛らしくて……ついつい俺の口元には笑みが零れる。

「……う、うぅぅ……絶対楽しんでる。カイトさんの性癖を見た気分ですよ」

「なんだそれ？」

「と、ともかく恥ずかしいものは恥ずかしいんです！　あんまこっち見ないでくださぃ……」

「ふふふ、了解」

恥ずかしがるアリスの、なんとも言えない可愛らしさを堪能しつつ、幸せを実感しながら朝食を食べ続ける。

こういった軽口を言い合えるのも、アリスの魅力だと思う。なにより一緒にいると変に気を遣ったりしなくていいから、本当に気楽だ。

アリスの魅力を再確認していると、ふと自分の手にあるサンドイッチに目が移った。

「……そう言えば、結局バタバタして、デート中止になっちゃったし……アリス、今日改めてデートしない？」

「へ？　あ、ああ……豪華な食事付きデートですね！　行きます！」

「うん、じゃあ……朝食を食べ終えて、一休みしたら、出かけよう」

「はい！」

デートのやり直しを提案する俺の言葉を聞いたアリスは、まるで花が咲くような愛くるしい笑みを浮かべてくれた。

朝食を食べ終えたあと、アリスとのデートに出発する。

いちおう名目としては、以前約束した、豪華な食事をご馳走する、というものだが、昼食まではまだ時間があるし、折角の機会なのでアリスと一緒にいろいろ見て回ることにした。

「カイトさん、食べものの露店があるのはあっちの通りですよ？」

「……いま、食べたばっかりだろうが……」

「私は他人のお金であれば、いくらでも食べられます‼」

「……」

いつも通りの服装に仮面を着けたアリスが、渾身のドヤ顔で小さな胸を張る。

うん、どうやらすっかり本調子に戻ったみたいで、いつも通りのアリスって感じだ。

「ま、まぁ、それは冗談として……どうします？　人形劇でも見ます？」

「人形劇？　どこかに劇場みたいなのがあるの？」

「あ～いえ、ちょっと歩いたところに吟遊詩人とかがよく集まる広場がありまして、そこで大抵ふたつ三つはやってますよ。おひねり制です」

「へぇ、この街に来て結構あちこち回ったと思ってたけど、そこは知らないな」

芸術広場とかそんな感じの場所ってことだろうか？　俺もシンフォニア王国の王都に住んで、そろそろ半年が経ち、いろいろな場所に行ったと思ってたけど……さすがにこの広い王都のすべてを見ることとなんてできず、行ったことのあるエリアってのは、結構限定されているかもしれない。

「商店や露店がある区画からは離れてますからね。リリア公爵の屋敷からだと、居住区画を越えないといけないので、あまり行く機会はないかもしれません」

「ふむ……って、ちょっと待った。居住区画を越える？　それって、俺の認識が間違ってなかったら、王都の中心から考えて、ここは『真逆』の位置にあるんじゃ……」

「ええ、そうですよ？」

どうやらアリスの言っている場所は、王城を挟んで、リリアさんの屋敷とは正反対の位置にあるらしい。

おかしいな……アリスはさっき、ちょっと歩いたところって言ったよね？　確実に言った。

しかし、どうイメージしてみても、ちょっとって距離じゃない……アリスの感覚でってこと⁉

王都はかなり大きい都市だし、人間の俺にはちょっと徒歩ではきつすぎる距離だと思うが……。

「なぁ、アリス……どうやってそこまで行くの？」

「ああ、それは任せてください！」

おぉ、なんか自信満々な感じだ。って、それもそうか、俺は行ったことがなくても、アリスはその場所を知ってるわけだし、転移魔法で移動できるよな。

六王の使う転移魔法は、魔法具と違ってその場で座標を指定するタイプらしいし、まったく問題ない。

「……なるほど、転移魔――うん？」

「よいしょっと」

「……え？」

しかしそんな俺の予想は、軽い浮遊感と共に粉々に打ち砕かれた。

アリスは俺の体重なんてなんでもないといった感じで、ひょいっと俺を持ちあげる……いわゆる、お姫様だっこというやつだ。うん、すでになんかいろいろおかしいし、恥ずかしいとか以前に、もの凄く嫌な予感がするのはなんでだろう？

「では、しゅっぱ～つ！」

「ちょっ⁉　なぁっ⁉」

間の抜けた掛け声と共に、アリスは地面を蹴り、そして近くの建物の屋根を踏み台に跳躍する……って、高い高い⁉

そして重力に引かれて落下……する途中で、空中に光る魔力の足場を作り出し、ソレを踏んで再び跳躍。

え？　なにこれ？　なんなのこれ⁉　そういう感じで行くの⁉　なんかぴょんぴょん跳んでく感じで行くの⁉　あっ、いま、王城飛び越えた……。

「いやいや、なんでこんな移動方法⁉　もっとほかになんかあるんじゃないの⁉」

「だってこれが一番面白……あっ、いえ、カイトさんに王都の景色を存分に楽しんで頂くための配慮です」

「……てめぇ」

「おっと、力加減を間違えました～これは雲の上まで跳んじゃいますね～」

「おいっ⁉　まだ次のジャンプする前だろうが――うぉわっ⁉」

『ジャンプする前』に力加減を間違えたと、そんなふざけた台詞を吐きながら、アリスは言葉通り雲を突き破るほど高く跳躍する。

さすが六王、凄い脚力……じゃねぇよ⁉　なにしてんだこの馬鹿‼

と、というかこんな急速に上昇したら、気圧の変化とかで大変なことになるんじゃ……。

「あっ、その辺は防御してるので大丈夫です！」

「配慮するとこが違わないか⁉　お前、下着いたら覚えてろ！」

「おおっと～バランスを崩して回転してしまいました～」

「うわぁぁぁ⁉」

さながらジェットコースターの如く、アリスは空中で回転したりしながら、何度も跳躍して俺を運んでいった。


「い、いや～アレですよ……つ、ついテンション上がっちゃって……てへっ――ふぎゃっ⁉」

「お前は～」

「ぎにゃあぁぁ⁉　ほ、頬っぺた取れますって……え？　今度は耳……ひぎゃぁぁぁ⁉」

遊園地の絶叫系アトラクションみたいに移動し、なんとか目的の場所にたどり着いた。

そしてとりあえずアリスは即座に正座させ、これでもかというほど頬っぺたと耳を引っ張っておくことにした。

「……いたた……ちょっと、楽しいデートにスパイス加えただけじゃないっすか……」

「あんなスパイス求めてないから！」

まったく、本調子どころか普段よりふざけてやがる。本当に困った奴だ。

まぁ、これ以上説教しても時間がもったいないし、この辺で終わらせて人形劇とやらを見に行くことにする。

ただ、このままアリスのペースというのも気に食わないので、なにか反撃の手段を考えておこう。

そんなことを思いつつ、立ち上がったアリスと一緒に広場に向かおうとして……ふとあることを思い付いた。

「さて、気を取り直して行きましょ……へ？」

「まぁ、そう慌てず。ゆっくり行こうじゃないか」

「え？　あっ、あれ？　カイトさん？　なんで『私の手を握ってる』んですか？」

アリスへの反撃の意味も込めて、歩きだそうとしていたアリスの手を取り、素早く指を絡めて恋人繋ぎの形にする。

「うん？　ほら、俺たち恋人同士なわけだし、これぐらい普通だろ？」

「ぐっ⁉　そ、そうきましたか……け、けど、甘いですね！　私がカイトさんの何倍生きてると思ってるんですか……残念ながら、これぐらいのことで照れたりしませんよ！」

「……『右手と右足が一緒に出てる』けど？」

「……今日はそういう気分なんです」

アリスもどうやらそれが俺の反撃であることを察したのか、平静を装いながら受け流そうとして……即座にボロが出る。

まるで出来の悪いブリキ人形みたいな動きで歩くアリスは、どこからどう見ても緊張しまくってる。

「……ふ、ふふふ、どうしました？　万策尽きましたか？」

「なぁ、アリス……」

「な、なんですか!?」

「お前、冷静ぶってるけど……顔、真っ赤だぞ」

「にゃぁっ!?」

そう、本人は平静を装っているつもりなのかもしれないが、アリスの顔は耳まで真っ赤に染まっていた。

それを指摘すると、アリスは猫みたいな声を上げ、大慌てで俺から顔を逸らす。

「なな、なに言ってるんですか……あ、アレですよ！　夕焼けでそう見えてるだけです！」

「……そこはせめて朝焼けにしない？　いやまぁ、十時なのに朝焼けもくそもないけど……」

「あ～あ～アリスちゃんはたったいま、耳が遠くなりました。全然聞こえませんね！」

「可愛いな、アリス」

「あぅ……あぅ……」

アリスがストレートな褒め言葉に弱いのは、もうすでに把握していた。

実際に可愛いと告げれば、それはもう湯気でも出そうな勢いで顔を赤くし、あたふたと視線を泳がせている。

なんだかそんなアリスを見ているともっと照れさせたくなり、そのままいろいろな褒め言葉を告げてみると、広場に着く頃には、アリスは熱に浮かされたような表情で目を回していた。


時間をかけて再起動したアリスと共に、芸術広場（仮称）に到着する。

中央に噴水のある大きな広場で、アリスから聞いた話の通り、露店とはまた雰囲気の違う賑わいだった。

噴水の近くに座り、ハープのような楽器を奏でている吟遊詩人。広場の一角で筆を持ち、賑わう広場の風景を描いている画家。なんかよくわからない彫像を作っている彫刻家といった感じに様々で、こうして見ているだけでも結構面白い。

アリスの話では、この広場において人形劇はわりとポピュラーな催しものらしい。

「ゴーレム操作の要領でできるので、わりと簡単ですし、魔法による演出も入れやすいですからね。大体どれも十分前後の短い劇ですよ」

「ふむふむ」

そう言いながらアリスは、手のひらサイズのゴーレムを作り、軽く動かしてみせる。

なるほど……葵ちゃんがゴーレムの術式を組んでるのを見たことがあるけど、言われてみれば人形劇にも応用できそうな気がする。

それに魔法の演出まで加わるとなると、結構派手な感じじゃないだろうか？　なんだか、俄然見るのが楽しみになってきた。

少しテンションが上がるのを自覚しつつ、アリスにさっそく見に行こうと言いかけたところで、アリスの口が忌々しげに歪んだ。

「……カイトさん、やっぱ別の場所にしません？」

「え？　なんで？」

「……暑苦しいのがいるので……」

「暑苦しいのって――なっ!?　なんだ、いまの音!?」

なぜか心底嫌そうに呟くアリスに聞き返そうとしたタイミングで、爆弾でも落ちたような轟音が響く。

そしてその音がした方向を見ると、巨大な鉄の塊？　いや、鉄かどうかはわからないが、もの凄く巨大な金属を、素手で削っている人物がいた。

腰の下辺りまである長い髪は、ライオンのたてがみかと思うほど荒々しく撥ねまくっており、その真っ赤な色も相まって、燃え盛る炎のようにさえ見える。

身長はクロノアさんより高く二m近くあり、褐色の肌は見るだけでわかるほど鍛え抜かれた筋肉に包まれている。

しかしゴリラのように膨れ上がった筋肉というわけではなく、洗練されて無駄なく整えられている感じだ。

金属塊を殴る男性……いや、女性？　中性的な顔に好戦的な笑みを張りつけたその人物は、ひとしきり金属塊を殴り終えてから手を引く。

すると殴られた金属は、まるで羽ばたく鳥のような形に変わっており、なんとも個性的な芸術に茫然とする。

なんかもの凄くインパクトのある方だ……アリスと知り合いなのかな？

そんな疑問が頭に浮かぶと同時に、その人物はこちらを振り返り……驚いたように目を見開いたあと、豪快に笑う。

「おぉ！　カイトにシャルティアじゃねぇか！」

「……え？」

「こんなとこで会うなんざ、奇遇じゃねぇか！　なにしてんだ？」

「え、ええ⁉」

なんだ？　この方は俺のことを知ってるのか？　で、でも見覚えはない……こんなインパクトのある方、絶対一度見たら忘れないはずだ。

その方の正体がわからず首を傾げていると、隣から舌打ちと共にアリスの声が聞こえてくる。

「シャラップですよ。赤ゴリラ……ハウス」

「あ？」

「なにしてんだって、それはこっちの台詞ですよ。なにしてんすか『メギドさん』……」

「えぇぇぇ⁉」

え？　この方、メギドさん⁉　マジで⁉　い、いや、確かに言われてみれば面影がないわけでも……いや、やっぱり違いすぎる！

「メ、メギドさんなんですか⁉」

「うん？　おぉ、そういや『人化した姿』は見せたことがなかったな！」

「え？　じ、人化？」

「高位の魔族なら、姿を変えるぐらいは簡単ですよ。まぁ、本来の姿から変われるサイズに、上限や下限はありますけどね」

た、確かに人化の魔法って定番のひとつだと思うけど、実際にあの悪魔みたいな見た目のメギドさんが、人型になってるのを見ると、衝撃は大きい。

しかし、そんな驚きを気にした様子もなく、アリスはメギドさんに話しかける。

「で、ここでなにしてるんすか？」

「あん？　見てわからねぇか？　芸術してんだよ」

「ゴリラさん、いっぺん鏡で自分の姿見てきてください。芸術からはほど遠い見た目してますからね」

「よくわからねぇが……『創造力だって力』だ！　なら、それを磨くのは当たり前のことだろうが？」

「あ～なるほど」

失礼かもしれないが、アリスの言葉には完全に同意だ。メギドさんに芸術は……ちょっとどころか、大分似合わないと思う。

いや、確かに鳥の彫像は見事なものだけど……構図がなんか違うもんなぁ、完全に作る側じゃなくて壊す側の見た目だし……。

「……」

「カイトさん、信じられない気持ちはわかりますけど……メギドさんって、性格はアレですけど、頭は相当いいですからね」

「そうなの⁉」

「ええ、この方は……なんていうか鍛錬マニアといいますか、分野問わず己を鍛えまくってるんですよ」

「おぅ！　やっぱ、力を磨くってのはいいよな‼」

「まぁ、見ての通り……頭はいいけど馬鹿ですね。頭が痛くなるぐらい馬鹿です」

「おい、こら……」

軽快にやり取りをするアリスとメギドさんを、茫然と見つめる。

う、うん。なんとなく理解できはしたけど、まだ頭が追いついていない。

「それで、お前らはなにしてんだ？」

「ふふふ、聞いて驚いてください！　ラブラブデートです！」

「あ？　デート？」

「そ。その通りです。なので、邪魔せず、すみやかにゴーホームしてください」

自分で言っておきながら恥ずかしくなったのか、アリスは微かに頬を染めつつ、メギドさんに邪魔だから帰れと、ストレートに告げる。

メギドさんの方はそれを気にした様子もなく、顎に手を当てて考えるような表情を浮かべる。

「……ふむ、ってぇことは、アレか？　シャルティアとカイトがなぁ……なんだカイト。クロムエイナもそうだが、胸も背もちみっこい奴がいいのか？　まぁ『胸はクロムエイナよりシャルティアの方が少しだけ大きい』けどよ。大して変わらねぇし……アレだな！　『ロリコン』ってやつだな！」

「がふっ⁉」

「あぁ、まぁサイズは自由に変えられるみてぇだが……元があのサイズだしな！」

「ごふっ⁉」

もしかしたら、いつかは誰かから言われるのではないかと思ってはいた。いくら実年齢が俺より遥かに年上でも、見た目的にはそう取られても仕方ないと……覚悟はしていたはずだった。

しかし、まさか、メギドさんからそれを宣告されるとは思わなかった。

だが、そこで俺以上にメギドさんの言葉に反応した存在がいた。

「誰が胸も背もちみっ子ですか！　誰がっ‼　上等だゴリラ、そのたてがみ全部むしり取ってやる！」

「うん？　おぉ！　なんだ、喧嘩してくれんのか？　いいぜ、最高じゃねぇか‼」

メギドさんの元のサイズから考えれば仕方ないとは思うが、ちみっ子扱いされたアリスは、親指を立てて首を切るサインをする。

しかしまぁ、そこは戦闘狂のメギドさん、戸惑うどころか嬉しそうな表情を浮かべ、深紅の髪が黒く染まっていく……臨戦態勢だ。

まさかこんなところで六王同士の喧嘩が勃発するとは、予想外にもほどがあったが……その予想外は、メギドさんにも起こることになった。

アリスと戦うために場所を変えようとしていたメギドさんだが、それより早くメギドさんの肩にポンッと、小さな手が置かれる。

「……ねぇ、メギド？　ボクが、なんだって？」

「……ク、クク、クロムエイナ⁉」

「胸も背も～のあとは、なんて言ったのかな？」

「あっ、いや、違う！　さっきのアレは別に……」

突如現れたクロを見て、先ほどまでの好戦的な表情はどこに消えたのか、メギドさんは顔から滝のような汗を流しながら、明らかに怯えた様子でクロに弁明しようとする。

しかし、クロはソレを許さず、静かに……しかし、有無を言わせぬ口調で告げる。

「……ちょっと、ボクとお話ししよ？　ね？」

「……すまん……いや、申しわけありませんでした」

その言葉と共に、メギドさんは怒れる破壊神に連行されていった。

アレはあかん、クロ……修羅みたいな顔してた。メギドさん、死ぬんじゃなかろうか？

「……とりあえず、デート再開しようか？」

「そうっすね」

連れ去られたメギドさんの冥福を祈りつつ、気を取り直してアリスとのデートを楽しむことにした。

メギドさんがクロに連れ去られたあと、改めてアリスと芸術広場を見て回ることになったが、本当に広くてどこに行けばいいのかよくわからない。

「……人形劇って言っても、数がありそうだけど、なに見よう？」

「えっと、ちょっと待ってくださいね」

「うん？」

相談してみると、アリスはちょっと待ってくれと告げ、パチンと指を弾く。

すると少し離れた場所で絵を描いていた画家が近付いて来て、どこからともなく取り出した紙の束をアリスに手渡す。

「本日の演目。確定しているものと、過去の傾向からの想定です」

「ほい、確かに。じゃ、戻っていいっすよ」

「失礼致します」

アリスに深々と頭を下げてから、元いた位置に戻り、何事もなかったかのように絵を描き始める画家……これは、つまりアレだろう。あの画家もアリスの配下ってことか……。

「配下？」

「ええ、この広場だけでも『十八人』くらいはいますので……」

「さ、さすが……」

本当に比喩じゃなくて、コイツの配下はどこにでもいる。うん、幻王ノーフェイスが恐れられている理由がよくわかる。

ともあれこれで、どこでどんな演目をやっているのかがわかり、それを参考にしながら人形劇を見に行くことにした。


芸術広場で行われていた人形劇は、短めの作品が多いためか、どれもシンプルなストーリーではあったが、魔法によって動く人形や、ところどころに見える魔法演出もあり、見慣れていない俺にはとても新鮮で、気付けば時間を忘れて楽しんでいた。

そして時刻が昼になり、そろそろメインのひとつであるランチを食べることにする。

当初の予定では、普段行く通りの店にするつもりだったが……折角あまり来ることのない地区にいるわけだし、こちらで食事をしようと提案し、アリスも了承してくれた。

あとはアリスの要望通り、豪華なランチになるように、手元に一冊の本を取り出して店を探すことにする。

「……うん？　カイトさん、それってもしかして、クロさんの『まるごと食べ歩きガイド～シンフォニア王国王都編～』ですか？」

「……知ってるのか？　あぁ、そういえばクロが知り合いに配ってるって言ってたっけ」

現在俺の手にある英和辞典くらいの大きさの本は、以前アイシスさんの件でクロに相談した時にもらった本である。これが実際なかなか便利で、区画ごとに店を紹介してくれているので、こういう時には本当に役に立つ。

「ええ、私も何冊かもらったことがありますね」

「……なんか全巻セットとかって百冊ぐらいくれたんだけど、これって実は結構有名な本だったりするの？」

「う～ん。有名ではありますけど……実物を見たことがある人は、ほとんどいないんじゃないですかね？」

「え？　そうなの？」

ちなみにこの本には、王都中の飲食店ひとつひとつに対し、クロからの評価と感想が書かれており、挿絵まで入っているというこだわりの一冊だ。

ただ、まぁ、趣味の延長らしく……かなり主観が入ってるみたいで「デザートにプリンが食べたい」とか、そんな感想も書かれていたりする。

ちなみに評価はどこかで聞きかじったのか、某有名ガイドブックみたいに星の数で評価している。もっとも星十とかそんなのもあるので、完全に同じというわけではないみたいだが……。

あと、このシンフォニア王国王都編は最近書き直したらしく、以前クロと一緒に行ったレッドベアーサンドの店に関して……「大好きな人と一緒だったから、最高に美味しかった」と赤面ものの感想も書かれていた。この本を読んでいた時の俺は、きっとニヤニヤ気持ち悪い顔をしていたと思う。

「ええ、クロさん曰く、それはあくまで趣味の延長ってことで……その本は身内、要するに、クロさんが家族と呼ぶ相手に配っているだけで、発売はしてません。あと配る相手に関しても、わりとその時のクロさんの気分次第ですね。もらった本の扱いは個人の自由なので、ごく稀にオークションに出たりしますが……大抵とんでもない金額で競り落とされます」

「……マジで？」

「はい。すべてクロさんの直筆なので、特に『冥王愛好会』のメンバーにとっては、全財産をはたいても欲しい品でしょうね」

「……冥王愛好会？　そういえば、前にチラッとそんな名前を聞いたことがあるような……」

どこで聞いたんだったっけなぁ？　ハッキリとは覚えていないが、ルナマリアさんあたりが言ってたような気がする。

「クロさんのファンクラブみたいな感じですね。かなり大規模で、その情報力や発言力は一国を上回ると言われています……まぁ、うちの軍勢の縮小版みたいな感じですかね？　取り扱ってる情報はクロさんのものだけですが……」

「さすがクロっていうべきか、ファンクラブとかもあるんだ……」

「ええ、クロさんは世界中でも屈指の人気者ですからね。魔族、人族問わず、相当数の信者がいますよ」

「……」

「……ちなみにクロさんに気安く近付いたら、その組織に消されるとすら噂されてます」

「なにそれ、怖い」

一国を上回る力を持つファンクラブ……なるほど、ルナマリアさんがやたら情報通なのは、そこから情報を得ていたからか……。

てか、それ、ヤバくない？　俺、敵視されてたりするんじゃない？

「ああ、それは大丈夫です。カイトさんは『冥王愛好会の名誉会長扱い』なので……」

「ちょっと待って⁉　なんで、俺の知らないところで、勝手に祭り上げられてるの⁉」

「それは、いくつか理由はありますけど……一番大きいのは、クロさんがあちこちで『カイトくんが大好き』って公言してるからだと思います」

「クロォォォォ⁉」

なにやってんの⁉　え？　なんで、そんな意図しないところで羞恥プレイ⁉　い、いや、大好きと言われて嬉しいのは嬉しいけど、それ以上に恥ずかしいわ‼

「あと、そのファンクラブを世界屈指の組織に押し上げた『会長』が、カイトさんの信奉者なので、それも大きいですね」

「おかしいよね？　なんでクロのファンクラブの会長が、俺を信奉してるわけ？」

「……会長は『世界で二番目にカイト様を優先する』って公言してます」

「……背中に嫌な汗が流れてきたんだけど……まさか、その会長って……」

「アインさんです」

「やっぱりかぁぁぁぁ‼」

本当になにやってんだあの主従⁉　あと、冥王愛好会の会長がアインさん？　もう、なんでその組織が世界最大規模なのか、理不尽なほどに理解してしまった。

というかなんで、俺本人が与り知らぬところでとんでもないことになってるんだ……できればこれは、知りたくなかった情報である。

「……というか、カイトさんの愛好会も……戦力とかもむしろそっちの方が凄……いや、こういうのは本人に言うべきじゃないですね」

なんというか、いろいろ特殊な世界の話を聞いたが、あまり深く考えるべきではないのだろう。深く考えると頭が痛くなりそうだ。

とりあえず気を取り直してクロからもらったガイドブックをパラパラとめくりながら、これから行く店を考える。

さすがに一ページずつ丁重に読んでいく時間はないので、挿絵と評価の星を参考に大まかに選択する。

季節ものの料理がお勧めなところで、いまの時期に合わない店。夜間のみの営業の店。予約が必須な店などを除外しつつ、できるだけ近場で探してみると……ふたつの候補に絞られた。

片方はクロの評価は八つ星……かなり高評価な超高級レストラン。予約は不要だが値段が高く、その割には量が少ないが、味は一級品と感想が書かれている。

もう片方はクロの評価では五つ星……先の店に比べると三つ低い。この店は超がつくほどではないが高級料理を扱っていて、やや穴場的な場所に店を構えているので予約がなくとも大丈夫らしい。なにより目に留まったのは、この店の料理は非常に量が多く、ガッツリ食べることができるらしい。

どちらの店もいまいる場所からそれなりに近いし、このふたつのどちらかでいいだろう。

問題はどっちにするか……高級志向の八つ星、量重視の五つ星。まぁ、どちらも高級店ではあるのだが、比べてみれば量か質かといったところだ。

「……なぁ、アリス」

「なんですか？」

「たくさん食べられるそこそこの高級店と、量は少ないけど超一級の店……どっちがいい？」

「ふむ……まぁ、私は違いのわかる女、アリスちゃんですからね。量の多い方で‼」

「……」

迷いなどまったくない、力強い返答である。うん、なんとなくそんな気がしてたけど……やっぱりこいつは、質より量か……。

今回の主役はアリスなわけだから、俺としてはアリスの望む方でＯＫだ。

「よし、じゃあ、この店に行こう」

「は～い……どれどれ？　おぉ、ミートタワーがある店じゃないっすか！　これはいい店ですよ」

「ミートタワー？」

「読んで字の如く、肉の塔ですね」

よ、よくわからないけど、大食い御用達っぽい響きだ。自称乙女として、その単語に目を輝かせるのはどうなんだろうか？

芸術広場から移動すること十分、目的の店に到着した。

木造りの落ち着いた雰囲気の店内は、さすが高級店だけあって上品さも感じられる。

ただ、それほど客数は多くない。穴場というのも頷ける感じだ……ただひとつ気になるのは、店内にやけに大柄な客が多いということ。

よく考えれば店の扉も結構大きかった。ってことは、この店はそういう体の大きい魔族等を専門にしている店なのかもしれない。

そして店員に案内されて席に座り、アリスが言っていたミートタワーなるものを頼んでみることにする。

「量をお選びいただけます。半分、通常、二倍、五倍、十倍です」

「……アリス」

「十倍で！」

「かしこまりました。では、少々お待ちください」

コイツ……躊躇なく十倍を選びやがった。店員さんも、アリスを二度見してたし……やっぱりあのサイズで、十倍とか食べられる気がしないよなぁ……。

そのまま少しの間アリスと雑談をしながら待っていると、奥の扉が開き……店員『六人がかり』で巨大な皿と、そこに積まれた山のような肉を運んできた。

こ、これが、ミートタワー……なるほど、文字通り肉の塔である。

テーブルに置かれた巨大な肉の塔を見てみる。一目見て高級だとわかるきめ細かで、美しくすらある肉は、ローストビーフになっているのか、赤い宝石のようにすら見えた。

肉の塔の周りには、飾り切りの野菜が並べられ、その隙間に色とりどりのソースが添えられていて、豪華絢爛な感じだ。

「……す、凄いな、これ……」

「この店はオーガ族とかオーク族に人気のある店ですからね」

「なんか、もの凄く納得した」

十倍でこのサイズ……たぶん俺、一人前でも食べられないな。

美しく高級感あふれる料理……なのだが、やっぱりサイズが常識外であるため、俺はむしろ若干引いていたが、アリスは目をキラキラと輝かせている。

「じゃあ、食べるか」

「はい！　……あっ」

「うん？」

「……」

それでもアリスが喜んでくれるなら満足なので、俺は控えめに食べて、アリスがしっかり味わえるようにしようと、そんなことを考えながら、食べ始めようとした。

するとなぜかアリスが、なにかを思い付いたような表情に変わり、視線をキョロキョロと動かし始める。

「どうかしたのか？」

「……うっ、うぅ……ちょ、ちょっとだけ待ってください！　いま覚悟を決めてるんで」

「……覚悟？」

料理に手を付けないアリスが気にかかり、尋ねてみるが、どうにも要領を得ない。

なにやら頬も微かに赤くなっているし、緊張してるのだろうか？　覚悟って、なんの覚悟だろう？

「……大丈夫……できる……私なら……できる」

「お、おい、アリス？」

「私と、カイトさんは恋人同士……大丈夫……」

「お～い」

ブツブツと下を向きながらなにかを呟くアリスには、どうやら俺の声は届いてないみたいだ。

そしてアリスはそのまま少しの間ブツブツとなにかを呟き、それからガバッと顔を上げ、ミートタワーにフォークを向ける。

ようやく食べる気になったのかと、疑問を感じつつ、俺も食べようと食器を手に取ったところで……。

「か、カイトさん⁉」

「うん？」

「あ、ああ、あああ、あ～ん‼」

「……」

真っ赤な顔で完全にテンパりながら、アリスがフォークに刺した肉を差し出してきた。

「……なにしてんの、お前？」

「はは、早く食べてください！　は、恥ずかしいんですから！」

「……いや、だからなんでそんなことを……」

「こ、恋人ができたら、い、いい、一度くらい、やや、やってみたかったんです」

しどろもどろになりながら、仮面から覗く目を潤ませ、羞恥に耐えながら肉を差し出してくるアリス。

その様子は大変可愛らしく、できるならもっと見ていたい気分になったが、それはさすがに可哀想なので、俺は少し身を乗り出してアリスが差し出してきた肉を食べる。

舌触りがよく柔らかい肉には、少し酸味のあるソースが染み込んでおり、口の中に広がる肉の味を引き立てていて、本当に美味しい。

その美味しい肉をしっかり味わっていると、アリスがジッとこちらを見ているのに気が付いた。

ああ、これはアレかな？　俺にも食べさせて欲しいってことか……。

「ほら、アリス。あ〜ん」

「……あ、あああ、ああ〜んん、あむっ！」

「お前動揺しすぎだろ……」

地震でも起きてるんじゃないかと思うほど体を震わせながら、アリスは俺が差し出した肉を食べ、真っ赤な顔で咀嚼する。

すると少しずつ、嬉しそうな顔に変わっていったので、肉の味が気に入ったみたいだ。

「次も同じようにして食べるか？」

「……な、な、な……」

「今度はどうした？」

「なんでカイトさんは平気そうなんですか⁉」

「いや、なんでって言われても……」

「わ、私は、顔から火が出そうなのに！　カイトさんだけずるいです‼」

いや、俺が平然としてるのは……お前がありえないほど動揺してるから、逆に冷静になってるだけなんだけど……。

それにしても、アリスは怒ってるんだろうけど……真っ赤な顔でプルプル震えながら、こっちを睨む姿は、なんて言うかその……。

「可愛いな」

「にゃっ⁉　にゃにをっ⁉」

「いや、真っ赤になってるのが可愛いなって……ほら、アリス。あ～ん」

「むぐッ⁉」

俺の台詞を聞いて、真っ赤になりつつパクパクと動かしていたアリスの口に、新しい肉を食べさせてあげる。

するとアリスは、爆発音でも聞こえそうな勢いで顔を赤くして、静かに肉を食べ、それが終わると口を開いた。

どうやら恥ずかしいけど、このまま食べさせて欲しいらしい。なんともわかりやすく、可愛い反応に思わず笑みが浮かぶのを自覚しながら、再び肉をフォークに刺してアリスの方に向ける。

「あ～ん」

「あ、あ～ん……もぐもぐ……カイトさん、絶対私に対してだけＳですよ……」

「うん？」

「なんでもないです！　次ください！　も、もうこうなれば、全部カイトさんに食べさせてもらいますからね‼」

「ぷっ……はいはい。了解」

「なに笑ってるんすかあぁぁぁぁ！」

むきになって叫ぶアリスが面白く、ここがそれなりの高級店だということも忘れて、和気あいあいとアリスと互いに食べさせ合う形で食事を進めていった。

こうしてると、やっぱり恋人同士になったって気がして……嬉しくなってくるな。もっといっぱい食べさせてあげたいものだ。

……っと、そう思っていた……『そこまでは』……。

「もぐもぐ……カイトさん、次お願いします！」

「……な、なぁ、アリス？　これ、いつまで続けるの？」

「勿論、全部食べ終わるまでですよ……あっ、店員さん！　これと同じミートタワーを『三つ』追加で！」

「ちょっ、も、もう手が痛……アリス⁉」

そう、俺はなめていた。アリスの底なしの胃袋を……。

食べ始めたばかりの頃に、全部食べさせてあげると了解したことを後悔しつつ、俺は痛みで震える手を伸ばして、次の肉をアリスの口に運んだ。

「あっ、ほかのメニューも一通り持って来てください！」

「も、もうやめてくれえぇぇぇ⁉」

＊＊＊＊

昼食を食べ終え、おおよそ一回の食事で使うとは思えない金額を支払ってから、店の外に出る。

「いや～美味しかったです！」

「そ、そうか……腕が腱鞘炎になりそうになったかいもある……かな？」

「そこはもうちょっと、可愛いアリスの笑顔を見られたんだし、安いものさ、キリッ。とか、そんな感じに決めてくださいよ」

「……食べた量はまったく可愛くないけどな」

おどけて見せるアリスに溜息を吐きつつ、自然な動作で手を繋いで歩き始める。

アリスもさすがに手を繋ぐことには慣れてきたのか、最初の頃みたいな緊張はなくなっている。

まぁ、相変わらず頬はほんのり朱に染まってるんだけど……。

「ん～これは俄然ディナーが楽しみになりましたよ！　ディナーはどんな店に行くんすか？」

「たったいま、昼食終えたばっかりなのに、もう夕食の話か？」

「あはは、だって楽しみですしね」

「それより先に、夕食までの時間にどこに行くかを決めた方がいい気がするな」

現在俺たちがいるのは、普段俺がウロウロしている区画からはかなり離れた場所であり、正直俺はこの辺になにがあるかは知らない。

男としてリードしたいと思う気持ちはあるが、残念ながら知らないものを案内はできないので、素直にアリスに相談することにした。

俺の言葉を聞いたアリスは、少し考えたあと……なんだかロクでもないことを思い付いた感じで、ニヤリと意地の悪い笑みを浮かべる。

「つまり、アレですね。カイトさんは『宿屋街』の場所を知りたいと……そういうわけですね！」

「……は？」

「私の体に野獣の本能を解き放って、食後の運動にするつもりなんでしょう……仕方ないですねぇ、宿屋街は反対の通りですよ」

「……」

なんかデジャヴを感じる言い回しだ。ああ、そう言えばアルクレシア帝国に行った時も、そんな感じの冗談を言って俺にベルをけしかけられてたっけ？

……ふむ、一発ゲンコツしてもいいけど、むしろこういう悪ふざけをしている時のアリスには、もっと効果的な攻め方があることを、俺はすでに学んでいる。

「……そっか、じゃあ、そうしようか」

「えっ⁉」

「あっちの通りだよな？　よし……」

「あっ、わっ、まっ……だ、駄目ぇぇぇ⁉」

アリスのおふざけに乗る振りをしながら、手を引いて歩きだそうとすると、予想通りアリスは大慌てになる。

「……うん？　どうかしたのか？　宿屋街に行くんだろ？」

「だ、だだ、駄目です！　そそ、そういうのはまだ早いというか……こ、心の準備が……」

「アリスの方から言ってきたんじゃないのか？」

「そそ、それはそうなんですけど、あ、アレはあくまで冗談というか……」

わかりやすいほど動揺するアリスが本当に可愛らしく、ついつい意地悪な会話を続けてしまう。

俺にズルズルと引っ張られながら、アリスは顔を茹でダコみたいに赤くして、わたわたと手を動かしながら必死に俺を説得しようとする。

「そ、そりゃ、い、いずれは、そそ、そうなると思いますし……わ、私は、元人間ですから、そそ、そういう方面にも理解はある、つつ、つもりですが……そういうのは、も、もっと段階を踏んで……」

「ふむ、段階って例えば？」

「そ、それはほら……や、やっぱり、初めては……月明かりの差し込む、海辺のコテージにふたりっきりでとか……そういう状況になってから……」

「……」

意外とロマンチストだな、アリスって……どうも、長いこと恋愛をしようとしてもできなかったこともあって、そういうコテコテな感じの、いい雰囲気ってものに憧れがあるのかもしれない。

たぶんだけど、結婚式は絶対に海辺の教会がいいとかいうタイプだ。

「う～ん。さすがにその条件を満たす場所は、すぐには思い浮かばないな」

「で、でしょ⁉ だ、だから、そういうのは、もっと互いに……あ、ああ、あ、愛を深めてから、ゆっくりと……」

愛というのがよっぽど恥ずかしかったのか、何度もつっかえながら必死に、もっと時間をかけて愛を育もうと告げてくる。

正直言ってそれにには賛成だし、あくまで現在の俺はアリスをからかってるだけなので、本人の心の準備ができない内に強要する気なんてまったくない。

からかうのはこの辺りにしておこうかと思いつつ、俺は足を止めてアリスに声をかける。

「……確かに、アリスの言う通りだな。焦ることなんてないよな」

「そ、そうです！ じ、時間はいっぱいありますから……その、だから……きょ、今日のところは……キスまでで、お願いします」

「え？ あ、ああ、了解」

もじもじと恥ずかしそうに顔を俯かせながら、キスならしてもいいと告げるアリスを見て、心臓が大きく跳ねる。

演技だったはずなのに、なんか変に恥ずかしくなってきた……やばい、このままじゃアリスの顔がまともに見れなくなる。

気恥ずかしさが大きくなってきた俺は、それを誤魔化すようにネタばらしの言葉を口にする。

「……ま、まぁ、さっきのはちょっとアリスをからかっただけなんだけど……」

「なっ⁉　……ひ、酷いですよカイトさん！　私の乙女心を弄んだんですね⁉」

「ごめん……っていうか、最初にからかってきたのはアリスだろ？」

「うぐっ……そ、それは……」

俺にからかわれたことを知ったアリスは、怒ったような表情を浮かべるが……そもそも自分が最初に言い出したということを指摘され、反論できずに言葉を引っ込める。

そして俺たちは、ゆっくりと無言で歩きだす。別に俺もアリスも怒ってるわけではなく、単純に恥ずかしくてなにを言えばいいかわからない感じだ。

そのまましばらく足を進めていると、ふと俺の頭にある疑問が浮かんだ。

「……そう言えば、アリス」

「な、なんですか？」

「比べるまでもなくアリスの方が遥かに強いわけだし、本当に嫌なら簡単に振りほどけたんじゃ……」

「～～⁉」

そう、先ほど俺はアリスを引きずるように連行しようとしていたが、よくよく考えてみれば、アリスが本気で抵抗していたら俺の力で動かせるわけがない。

だけど、アリスはずるずると俺に引きずられた……つまり、それって……ほとんど抵抗してなかったってことじゃ……。

俺の質問を聞いたアリスは、一度顔を俯かせ、聞き取り辛いほど小さな声で呟く。

「……い、嫌だなんて、い、言った覚えはないですし……」

「え？」

「な、なんでもないです‼」

「アリス、いまなんて？」

「し、知りませんっ‼」

「ちょっ、アリス⁉」

アリスは捲し立てるように早口で告げ、プイッと顔を逸らしてしまう。

その反応が、あまりにも可愛すぎて、微かに聞こえた発言も相まって、繋いでいる手がやたら熱くなった気がした。

夕食までの空いた時間に、なにをしようかと相談した結果。アリスが丁度いいところを知っているということで、その案内に従って移動して、大きめな建物にたどり着く。

「……ここが、アリスのお勧めの場所？　なにするところなの？」

「いろいろですよ。まぁ、とりあえず入ってみましょう」

演劇とかコンサートだろうか？　いや、そんな雰囲気じゃないな。

いったいなんの建物なのかと不思議に思いつつ、アリスに続いて中に入ると、非常に賑やかな音があちこちから聞こえてきた。

「えっと、まずあそこがクロックカード、あっちが的当て……ここにはいろいろな遊戯があるんですよ」

「へぇ～確かに、凄く賑やかだな」

なるほど、遊技場……この世界版のゲームセンターみたいなものかな？　確かにそれなら時間を潰すにはうってつけだし、いろいろなゲームがあってとても楽しそうに見える。

「……あっ、ちなみに『ゲームに使うチップ』はあちらで交換でき——ふぎゃっ⁉」

「カジノじゃねぇか‼」

結構がんばって好意的に受け取ろうとしたけど、紛う方なきカジノであった。

本当にコイツは、ちょっと油断するとすぐギャンブルに……。

「ま、待ってください、カイトさん！　これには、深い理由があるんです」

「……ほう、いちおう聞いてやろう。説教はそのあとだ」

「……せ、説教は確定なんすか……あ、あれですよ。親愛なるカイトさんに、あるひとつの誤解っていうか……もうひとつ隠していたことを教えようかと思いまして」

「うん？　隠していたこと？」

どうせ言い訳だろうと思っていたが、アリスの言葉を聞く限り本当になにか理由があるみたいだった。

それを察した俺は、先ほどまでの怒りを消して、アリスに聞き返す。

「まぁ、見ててください……大丈夫です。銅貨一枚しか使いませんから」

「お、おい……アリス？」

まるで歴戦の勝負師なんじゃないかと感じられる、どこか重々しい威圧感を発しつつ、アリスは一枚の硬貨を持ってカウンターに向かっていった。


そして、一時間後……アリスの目の前には、山ほどのチップが積み上げられていた。

「つ、つよっ……」

「ふふふ、これが私の本来の実力ですよ！」

いままでの印象を覆すが如く、アリスはカジノ内で鬼のような強さを発揮していた。

決して全戦全勝ではないが、攻め時と引き時を冷静に見極め、面白いようにチップを増やしている。

まさに圧倒的とすら言える無双っぷりで、このまま続ければ出禁でも喰らいそうな勢いだった。

まぁ、それはそれとしてドヤ顔が、どうしようもなくウザい。

「酷くないっすか⁉」

「当たり前のように心の声に反応するなよ。じゃあ……ドヤ顔のアリスも可愛いよ」

「はぅっ⁉　あ、そ、そんないきなり……ぁぅ……」

コロコロと表情を変えるアリスを少しからかいつつ、俺はいまの主題に話を戻す。

「……それにしても、こんなに増えるとは……」

「ふふふ、見てくれましたか？　パーフェクト美少女アリスちゃんの本気を！」

「……じゃあ、なんでいままで……」

少なくともこの一時間ほど見ている限りでは、アリスは常に冷静で、熱くならず流れを見極めていた。そしていまさら言うまでもないことだが、アリスは凄まじく頭がいい。素人の感想ではあるが、大抵の勝負には勝てそうな気がする。

だからこそ、いままでのギャンブルに弱いアリスの姿とかけ離れていて、思わず唖然としてしまった。

「……あはは、これが隠してたことでして……実は私、いままで『ワザと負けて』ました」

「……なんで？」

この実力を見せられれば、いままでワザと負けていたという言葉は素直に信じることができるが、そうする理由がわからない。

そりゃ、これだけ勝てるなら、ワザと負けるのも簡単だろうけど……。

「あ～えっと、実はですね。私って昔からギャンブルが超得意で、ほとんど負けなしだったんですよ。だから、昔の自分はもういないんだって意味で、ワザと負けてたりしました」

「……ギャンブルやらなければ良かったんじゃ」

「い、いや～それはその、ギャンブルは好きですし……ついつい」

アリスが俺に打ち明けたかった秘密は、実はギャンブルが強かったということらしい。

なるほど、アリスのことをまたひとつ知れたのは、嬉しいけど……なんでそれを、このタイミングで打ち明けてきたんだろう？

そんな風に考えていると、アリスはニヤリと口元に笑みを作り、積まれているチップの半分を俺の方に差し出しながら言葉を発する。

「……リベンジマッチといきましょう。カイトさん、どっちがより多く稼げるか、勝負です！」

「しょ、勝負？」

「はい！　私が勝ったら、豪華なディナーにスペシャルなデザートを付けてもらいます！」

「……俺が勝ったら？」

リベンジマッチ……それはきっと、以前モンスターレース場で行った勝負を指してのこと。

要約すると「あの時は本気を出してなかったから、もう一回勝負だ」ってことらしい。

まぁ、時間にも余裕があるし、それはそれでいいんだけど……なにやらアリスは、自分が勝った時の報酬まで付け加えてきた。

となると、気になるのは俺が勝った場合のことだ。アリスに自信があるというのはわかるが、俺が勝つ可能性だってゼロではない。

ならば、勝負を受ける前にその点に関して聞いておこうと思った。

「……え、え～と……カイトさんが勝ったら……その、家に帰ってから……ご、ご褒美を……」

「ご褒美？」

「か、勝ってからのお楽しみです！」

「……ふむ、まぁ、わかった。やろう」

「ふふふ、今日の私は一味も二味も違いますよ！　さあ、敗北の苦汁を味わってください！」

妙にはりきっているアリスに流されながら、俺とアリスの二度目の勝負が幕を開けた。

結論から言おう……『出禁になった』。

アリスとの勝負が始まって、ある程度時間が経過した辺りで、オーナーと名乗る人物が現れ、土下座しながら「もう勘弁してください」と言ってきて、アリスと顔を見合わせたあとで終了することにした。

いや、まさか俺もあそこまでツイてるとは思わなくて、ついつい調子に乗ってしまった気がするし、この出禁は反省の意味も込めて、甘んじて受けることにした。

「……ぐっ……うぅぅ……」

「い、いや、ほら、途中で中断だったわけだし……」

「……カイトさん、絶対チートです……なんで、ルーレットの『一点賭けが連続で当たる』んですか……あんなの勝てるわけがないじゃないっすか……」

「あ～いや、運が良かったというか……」

アリスとの勝負に関しては……中断した時点で、俺が三倍ぐらい勝っていた。

というのも、ビギナーズラックなのか、よく知らないままに賭けたものが次々に当たり、結局一度も負けることなく全勝してしまったのだ。

ちなみに、アリスもスタートの段階から数倍に増やしていたので、決して弱かったわけではなく、俺が変にツキすぎていただけだ。

「……うぅぅ」

「いや、だから、中断だったんだし、無効試合でいいって……」

「だ、駄目です！　それじゃあ、私のギャンブラーとしてのプライドが許しません。なので、ちゃ、ちゃんと、帰ったらご褒美をあげます……の、のの、ので、お、おお、お楽しみに……」

「あ、あぁ……」

なんでそんな真っ赤な顔で、しかもつっかえながら？　ご褒美って、いったいなにを用意するつもりなんだ？

聞いても「帰ってからのお楽しみ」って言って教えてくれないし、それはいったん置いておこう。ともあれ、ほどよく時間も潰れたわけだし、そろそろ夕食に関して考え始めることにしよう。

ある程度時間も潰れ、夕食を食べる場所を考えようと思っていると、アリスが行きたい店があると提案してくれたので、そこに向かうことにした。

どんな店かというのには若干の不安はあるが、豪華なディナーが食べたいと言っているのはアリスなわけだし、ここでネタに走るとは考えにくい。

むしろ貴族御用達の超高級店とかを嬉々として選んで来そうな感じがする。

「まぁ、いいじゃないですか、カイトさんさっきいっぱい稼いだんですし、ガッツリ奢ってくださいよ」

「……う、うん。まぁ、それはいいんだけどさ……」

「心配しなくてもちゃんとした店ですよ？」

「いや、そうじゃなくて……」

俺の隣を歩きながら、明るい笑顔で話しかけてくるアリスに、俺はなんとも微妙な表情で返答する。

う、うん。ハッキリ言って、いま俺は困っている。それは別に夕食に関しての問題ではない。いや、もしかしたら少しは関係しているかもしれないが、大事なのはそこではない。

「どうしたんすか？　不思議そうな顔して」

「……なんで、いや、というか……お前、いつの間に『ドレス』を……」

そう、問題は現在のアリスの格好だった。

つい先ほどまではいつも通りの、ポケットが複数あって機能的な長袖長ズボンのスタイルだった。

しかし、俺が一瞬視線を外した直後、いつの間にかアリスはドレス姿に変わっていた。

淡いオレンジ……蜂蜜色でレースの付いた可愛らしいドレスは、アリスの明るい金髪とマッチしており、本当によく似合っていると思う。

それに普段見ない格好だからか、また違う面を見たようでドキドキしてしまう……まぁ、仮面着けてるせいで、仮面舞踏会の参加者みたいになってるけど……。

「可愛いでしょ？」

「ま、まぁ、それは確かに……いや、そうじゃなくて！　なぜドレスを着ているのかを聞いてるんだけど……」

そう、別に一瞬で姿が変わっていたことについてはどうでもいい。アリスがその気になれば、一秒もかからず家に戻って着替えてくるなんて芸当もできるだろうし、それはもういまさらだ。

ただ、いままでデートでもいつも通りの格好をしていたアリスが、別の服を着ている……それはつまり、なにかしら理由が……。

「え？　だって、これから行く店『ドレスコード』ありますし」

「……え？」

ドレスコード……読んで字の如く服装制限。

主に冠婚葬祭の場や、高級フレンチレストランなどで用いられるもので……簡単に言ってしまえば、小綺麗な格好じゃなきゃ駄目だよってことだ。

式典などに比べ、レストランのドレスコードというのは店によっていろいろ違うと聞いた覚えがあるが……俺の服装は、どうだろう？

白いシャツに、薄手の黒色でゆったりめの上着、ジーンズっぽいズボン……微妙である。

「……ドレスコード、あるの？」

「はい。結構厳しい店で『準礼装』くらいが定番ですね」

「……」

準礼装……あっ、駄目だこれ。俺、門前払い喰らう。

日本とは服装が若干違う部分もあるとはいえ、準礼装は正礼装に次いでカッチリした服装……平服じゃ駄目ってレベルであるのは間違いない。

となると、俺の現在の服装は完全にアウトだろう。

「……俺は入れなそうだし、別の店にしない？」

「ふふふ、大丈夫です……こんなこともあろうかと！　じゃ～ん！　カイトさん用の礼装を用意してきました！」

「……お前が確信犯なのはよくわかった」

「あ、あはは……ま、まぁ、ちゃっちゃと着替えちゃいましょうよ。え～と、あっ、あそこでいいですね」

いまから行く店を提案したのはアリス、そしてその店にはドレスコードがあって、俺の服はドレスコードに合ってなくて、アリスの手には俺用の礼服……完全に確信犯である。

俺が服装に関して慌てるのがわかってて、ワザとその店を選んだことは明白だが、いまはソレをぐっと飲み込むことにして、アリスの言う通り着替えよう。

しかし、こんな街中のどこで着替えればいいのかと思ったら、アリスは一軒の家に向かって歩いていく。

「お、おい、アリス？　そこ、人の家……」

俺が慌てながら声をかけるが、アリスは気にした様子もなく家の前に立つ。すると即座に中の住人が出てきて、アリスの前で片膝をついた。

「部屋、貸してくださいね」

「はっ！　どうぞ、ご自由にお使いください。幻王様」

「……」

あ、あぁ……例によって例の如く……その家の住人もアリスの配下か。

アリスの配下の家で礼服に着替え、着ていた服をマジックボックスに入れてからアリスと合流し、改めて店を目指すことにする。

現在俺が着ている礼服は、黒色ベースの落ち着いたデザインだが、派手すぎない程度に銀色の糸が編み込まれて模様になっており、かなりお洒落な逸品と言える。

まぁ、それはそれとして……この礼服、伸縮性が凄いのか、もの凄く着心地がいい。こうして歩いていてもまったく動きにくさも窮屈さも感じない。

「……凄く動きやすいってか、俺の体にピッタリのサイズなんだけど……」

「そりゃあ、私がカイトさんのために作った一点ものですからね。素材にも拘って最高品質で仕上げました」

「い、いや、それはありがたいんだけど……なんで、当たり前のように、俺の体のサイズ知ってるの？」

そう、この礼服は裾の長さも含め完璧に俺の体にフィットしており、俺専用のオーダーメイド品って感じがするが……俺、アリスに体のサイズ教えたことないんだけど……。

「ははは、なにをいまさら。私はカイトさんの体にあるホクロの数だって知ってるんですよ！」

「……前も聞いた気がするけど、お前、プライバシーって言葉知ってる？」

「知ってますよ。カイトさんにないやつですね！」

「……否定できないのが辛い」

俺のプライバシーはどこ行ったんだ。いや、まぁ、シロさんがいる時点でプライバシーとかあってないようなものなのは、わかってるんだけど……。

（私は貴方が元の世界で所持していた年齢制限のある品々まで、すべて把握しています）

おっと、それに関しては絶対に口外するなよ、天然女神。恥部ってレベルじゃないからね。思春期の男なら、自殺ものだからね。

（快人さんが望むなら、まったく同じものを造り出して、差し上げますよ？）

…………ちょっと、あとで詳しい話を聞かせてください。

「……カイトさん？」

「ッ⁉　あっ、いや、悪い。じゃあ、行こうか」

「了解です」

シロさんとの会話はアリスには聞こえない。なので、俺は少し慌てながら首を傾げていたアリスに返事をして、改めて店に向かって歩き出した。

アリスに案内されてたどり着いた場所は、確かに綺麗な造りはしていたが、高級料理店……どころか、普通の料理店にすら見えない場所だった。

豪華な装飾が付いている扉は、確かに高級店っぽいし、綺麗な細工が施されて外から中が見れないようになっているガラス窓もいい雰囲気だ……しかし『小さい』……いや、本当に小さい。

正直、これなら大きめの屋台の方が勝っていそうな気さえするほど、この店は小さかった。

「……あ、アリス？　本当にここなのか？　なんか、外から見た感じだと、テーブルと椅子を一個ずつ置いたらスペースなくなりそうなんだけど……」

「あ～、それに関しては大丈夫ですよ」

むぅ、アリスは不安そうな俺を見ても平然としている。

あっ、そうか！　もしかして魔法的ななにかで、中は超広いとか、そんな感じなのかもしれない。

そう思いながら店の扉を開けて中に入ると、すぐに自分の予想が外れていたことを理解できた。

店の中は外から見た通りの広さ……だった。しかし、なるほど……確かにアリスの言う通り、大丈夫そうだ。

「……なるほど、転移魔法の魔法具か」

「ええ、その通りです」

そう、店の中には案内らしき数名の人と、巨大な魔水晶が付いた魔法具があった。

つまりここは、本店へ繋がる入口みたいなもので、この魔法具で転移して入店する形になっているってことだろう。

転移の魔法具は非常に高価なわけだし、超高級店というのも頷ける。

「いらっしゃいませ、お客様……恐れ入りますが、当店は『完全予約制』となっておりますが、ご予約のお客様でしょうか？」

「……え？」

完全予約制？　それってつまり、事前に予約してないと入れないってことだよね。

え？　どうすんのこれ？　……いやいや、待て待て、アリスの紹介で来たわけなんだし、当然アリスは予約を……。

「予約？　取ってないですね」

「……」

予約してないのかよ⁉　じゃあ、入れないじゃん⁉

「そうですか……折角ご来店頂いたところ、大変申しわけありませんが……」

案内の老紳士が丁重な口調で、やんわりと「お引き取りを」と告げようとした瞬間、アリスがパチンと指を鳴らす。

「……これは、失礼いたしました。ノーフェイス様でしたか」

「一番いい席で……問題ないすよね？」

「勿論でございます。直ちにご用意いたします」

なんか、アッサリと解決してる……え？　そういうこと？　この人も、アリスの配下ってこと？

老紳士はアリスに深く頭を下げてから、転移の魔法具があるところまで向かい、そこで再び頭を下げ、その姿勢のまま待機する。

それを見てから俺とアリスは魔法具の前に移動し、本店へと転移する。

転移した店は非常に広く、上品で高級そうなテーブルや椅子が並んでいて、いかにも超高級店って感じだった。

しかもどうやら、ここは海辺みたいで、大きめの窓からは夕暮れに染まる海が一望できた。

そして俺とアリスが案内された席は、店の二階のバルコニーみたいなところで、素晴らしいパノラマだった。

「なぁ、アリス……あの人が配下ってことはわかったけど……一番いい席とか、そんなの頼んで大丈夫なの？」

「そりゃ、大丈夫ですよ。この店の店員『全員配下』ですから」

「……え？」

「まぁ、ぶっちゃけると、ここ『私の店』です」

「えぇぇぇ!?」

あまりにも凄い席であることに戸惑いつつ、尋ねてみると……アリスは当たり前のようにここは自分の店だと言ってきた。

「飲食店ってのは、情報を集めるのには便利ですからね。ほかにも何店舗か配下に運営させてますよ」

「そ、そうなんだ」

「まぁ、アリスちゃんのメインは雑貨屋ですけどね！」

「全然、まったく、これっぽっちも、売れてないのに」

「そこはもうちょっと、オブラートに包んでもいいんじゃないっすか!?」

雄大な景色を眺めつつ、アリスと雑談を交わしていると、コック服に身を包んだ女性が近付いてきた。

「お話し中失礼します。ノーフェイス様、本日はようこそおいでくださいました」

「あ～、挨拶とかいいっすよ。美味しいもの持ってきてください」

「お任せを。ノーフェイス様に比べれば、まだまだ未熟なれど、最高の料理をご用意いたします」

「期待してますよ」

恐らく料理長だったんだろう。オーナーであるアリスに挨拶に来たみたいだが、アリスの反応はあっさりしていた。

そして次にピシッとしたボーイが着るような服に身を包んだ女性が、カートを押しながら近付いてきた。

カートにワインが置かれているので、ソムリエかな？

ソムリエの女性は席の近くに来ると、一礼してからワインを開け、香りを確かめてから、アリスの前にグラスを置いて少しだけ注ぐ。

「……テイスティングを」

「どれどれ……」

アリスは慣れた手つきでグラスを傾け、優雅に色と香りを確認したあとでそれを口に含む。

「……ん～、イマイチですね。シャローグランデはないんすか？」

「申しわけありません。さすがに、シャローグランデは……」

「……シャローグランデ？」

ワインの名前だろうとは思うけど……高級ワインなんてロマネコンティぐらいしか名前を知らない俺には、まったくわからない。いや、そもそも、この世界のワインの名前が俺の世界と一緒とは限らないし、どちらにせよ聞かないとわからないか。

「シャローヴァナル様が、友好条約が結ばれた時に記念として神界から贈られたワインですね。神界にしか存在しない果実から作っているので、もの凄く希少です。一本一千万Rくらいですかね？勇者祭の神界主催の催しの賞品ですので、十年に一本。現在世界に百本以下しか存在しないワインです」

「一千万R⁉」

日本円にして十億円……もうワインの価格じゃないよ。豪邸の価格だよ。

しかも十年に一本しか出回らないとか、それ、店で頼むワインじゃない……無茶振りするなよ幻王。

でも、そんな凄いワインなら、一度ぐらい飲んでみたいものだ。

そんなことを考えていると、突然テーブルの上に一本のワインが現れ、それを見たソムリエの女性が震える声で呟く。

「しゃ、シャローグランデ……」

なるほど、これが話に出ていたシャローグランデか……うん、なんで突然目の前に出てきたのかな？　予想はできるし、なんか「快人さんへ」って書かれたメッセージカード付いてるし……。

「どうやら、シャローヴァナル様からの贈りものみたいですね。ありがたく頂きましょう！」

「……アリス、お前……確信犯だろ」

「はて？　なんのことやら、私はカイトさんに最高のワインを飲んでもらいたいな～って思っただけですよ」

嬉々としてシャローグランデを手に取るアリスの様子を見て、この展開がアリスの思惑通りであることを理解した。

アリスはワザとこの店にはない最高級ワインを話に出した。そして俺がそれに興味を持てば、シロさんから直送されてくると……なんてやつだ。

アリスの行動に呆れつつも、折角シロさんがくれたワインなので、頂いてみることにする。

ソムリエの女性に注いでもらい、ワイングラスを手に持って……アリスと乾杯する。

「乾杯」

「乾杯です」

軽くグラスを合わせて微笑みあい、そのワインを口に含んで……衝撃が走った。

そのワインは一口飲んだだけで、まるで体中に染み渡るような深い味わいを与えてくれる。

ワインに詳しくない俺でも、最高のワインだとすぐにわかるほど、あまりにも美味しい……。

「……す、凄いな……なんて深く芳醇なワイン……」

「でしょ？　いや～、さすがは世界最高のワイン。素晴らしいですね。ん～、幸せです！」

「ああ、確かにこれだけ美味しいワイン……それに、景色もいいし」

「日が沈んで星が出てきましたね。もう少しすれば月も綺麗に見えそうです」

美味しいワインを飲みながら、夜の静けさに染まり始めた海を眺める。

「……本当にいい雰囲気だな。ここって、どの辺りなの？」

「シンフォニア王国の南です。この海の先にハイドラ王国がありますね」

「へぇ、なんかこれだけ綺麗だと、観光地としても人気がありそうだな」

「ええ、この近くには『コテージ』もありますし、そこは夜十時ぐらいに、綺麗に窓から『月明かり』が差し込んでムードが……海辺のコテージ……月明かり……」

「……」

なんだかアリスの口にした言葉には聞き覚えがあった。そして、アリスもなにかに気付いたような表情を浮かべ……直後に、顔がワインよりも赤くなる。

たぶん、というか間違いなく……デートの最中に「初めては、海辺のコテージで窓から月明かりが差し込むシチュエーション」と言ったのを思い出したんだろう。

「ち、違います⁉　そ、そそ、そういうつもりで、ここ、ここに来たんじゃ……ああ、あくまで、お、美味しいディナーを……だ、だから、そそ、それは、あの、ええと……」

「お、落ち着けアリス。大丈夫だから……」

「ま、まだ早いんです‼　も、もっと時間をあけてから……だ、大丈夫です。わ、私の初めては、いずれちゃんとカイトさんに……」

「おいっ⁉　落ち着け馬鹿⁉」

「ひゃぁっ⁉　か、肩、つ、掴んで……あっ、だ、駄目……まだ心の準備が……で、でも、優しくしてくれるなら……」

「待て⁉　それ以上変なこと言うな！　ここ、レストランだから……頼むから、戻ってこい‼」

完全にテンパってしまったらしく、大変危険な発言をし始めたアリスを慌てて止めようとするが、よほど混乱しているのか全然正気に戻ってくれない。

やめてくれぇぇぇぇ⁉　一般の席からは離れてるっていっても、ほかの客はいるから！　注目集めてるから⁉

ちょっ⁉　震えながら目を閉じるな！　なにさせようとしてるんだお前はぁぁぁぁ‼

必死に宥《なだ》めてなんとかアリスを落ち着かせることができたが、かなり恥ずかしい思いをした。

「お、お見苦しいところを……」

「う、うん。とりあえずお互いにさっきのことは忘れよう」

微妙に気まずさを感じつつ、話題を切り替えようとすると、丁度いいタイミングで料理が運ばれてきた。

「お待たせいたしました。前菜の『グロウシェリプと野菜のアスピックとズードシェルのマリネ』です」

なんとなく高級フレンチ感のある料理名を告げつつ、店員は俺とアリスの前に皿を置く。

グロウシェリプとズードシェルってのは、たぶんエビと貝かな？　アスピックってのがなにかわからない。

「……アリス、アスピックってなに？」

「肉や野菜を煮たブイヨンをゼリー状にしたものです」

「な、なるほど……」

よくわからないが、つまりこの皿にある星の形をしたゼリーが、アスピックらしい。確かに中を見ると、エビの身らしきものが入ってる。

アリスの方をチラリと見ると、アリスは微笑みを浮かべながら「どうぞ、食べてみてください」と手を動かす。

俺もこの世界に来てもう半年近く……ナイフとフォークでの食事にもすっかり慣れ、コース料理も優雅に食べることが……あっ、いや、みっともなくない程度に食べることができるだろう。

そんなくだらないことを考えつつ、アスピックを口に運ぶと……うん、なるほど。上品な味だ。でも、ちょっと味が薄いかなぁ……。

「カイトさん、ソースを付けて食べた方がいいと思いますけど？」

「……う、うん」

さ、先に教えて欲しかったかなぁ、そういうのは……。

改めて皿に模様のようにかけられているソースに付けて食べると、先ほど感じた上品な味がソースによって強調され、何倍も美味しく感じた。

その美味しさを実感しつつ、アリスの方に視線を向けると……アリスは、普段の様子からは想像もできないほど優雅に料理を食べていた。

悔しいが、完璧な所作だ……顔に着けた仮面さえなければ。

「そういえば、アリス。最近、クロやアイシスさんが忙しそうな感じなんだけど……やっぱり、六王祭の準備が忙しいのかな？」

料理を食べながらの雑談の話題に、俺はアリスも関係している六王祭のことを振ってみた。

というのも、最近クロが俺のもとにいる時間が減っている。いままでは毎日三時間以上はいて、雑談したり魔法の練習をしたりしていたが、最近は一時間程度で帰ってしまう。

いや、まぁ、それでも毎日来てるんだけど……。

そしてアイシスさんも、二度ほど遊びに行っても留守だったことがあり、やはり六王祭の準備が忙しいと思っていたわけだが……アリスは、六王なのにわりと暇そうだよな？

「あ～。カイトさんがなに考えてるかわかりましたけど、私も結構忙しいですよ」

「そうなの？」

「ええ、いまも分体アリスちゃんが二十体ぐらい働いてます」

「な、なるほど……」

どうやらアリスは分体に作業を任せて、本体は俺と一緒にいるらしい。

「クロさんは、今回の発案者で総指揮ですから、忙しいのは仕方ないでしょうね」

「ふむふむ、アイシスさんも？」

「あ、えっと……アイシスさんは、その……が、がんばってますよ？」

「え？　なにその微妙な言い方」

なぜかクロの時とは違い言い淀むアリスに尋ねると、アリスは微妙な顔のまま言葉を続ける。

「いや、アイシスさんはある意味クロさん以上に張り切ってるんですよ。まぁ、アイシスさんはずっと勇者祭以外で、こういったお祭りの主催側に回ることはなかったですし、それはもう嬉しそうでした」

「……いいことなんじゃないの？」

「……アイシスさんはですね。壊すのは超得意なんすけど、作ったり直したりはもの凄く下手でして……」

「あっ……」

困ったような表情で呟くアリスの言葉を聞いて、以前マグナウェルさんに会いに魔界に行った時のことを思い出した。

壊れた岩山を直すリリウッドさんを手伝い、直すどころか新たな岩山を壊していた時のことを……。

「特に今回は、アイシスさんが張り切ってまして『いっぱい手伝う』とか、まぁ私たちにとっては絶望的な言葉を告げてきたわけですよ」

「……」

「で、クロさんもそんなアイシスさんを無下にもできず、作っては壊れ、直しては壊れが繰り返されたわけです」

「な、なるほど……だからあんなに忙しそうだったんだ」

「ええ、最終的にクロさんが『アイシスはリリウッドの専属補佐に任命する！』って言って、なんとか作業が進むようになりました。まぁ、リリウッドさん泣いてましたけど……」

なんとかなってない。被害が一点に集中しただけである。リリウッドさん、なんて、不憫な……。

しかし、そうか……アイシスさんもがんばってるんだ。なんか、凄くはしゃいでる姿を想像して、微笑ましくなってくる。実害受けてるリリウッドさんは、たまったものじゃないだろうけど。

「そっか、でも、それはひとまず置くとして……六王祭が楽しみになってきたな」

「ええ、今回は『カイトさんとのお祭りデート』のためだって、クロさんも張り切ってますよ。まぁ、カイトさん的には『ほとんどの予定が埋まって』大変でしょうけど」

「……うん？　ちょっと、待って。お前いま、なんて言った？」

「え？　で、ですから……カイトさんは六王祭の時に、基本的に主催の六王と回ることに……クロさんから聞いてないんですか？」

「……聞いてない」

え？　ちょっと待って、どういうこと？　六王祭の時に、基本的に主催の六王と回る？

確か六王祭って、六王がそれぞれ一日ずつお祭りをプロデュースするんだよね？　その主催と回る？　それって、アレじゃないのかな……滅茶苦茶注目されるやつじゃないのかな？

「まぁ、もっともサイズ的に不可能なマグナウェルさんと、『俺が一緒じゃ楽しめねぇだろ？　歓迎ぐらいはするが、付きまとったりはしねぇよ』って、メギドさんは一緒には回らないって言ってました。なので、クロさん、アイシスさん、リリウッドさん、私になると思います」

「……リリウッドさんはOKしたの？」

「ええ、御迷惑でなければ是非って言ってました」

「ふむ……」

「ま、まぁ、抵抗は無駄です。諦めてください！」

「悪役の台詞だからね、それ⁉」

「あはは、ま、まぁ、きっと楽しいですよ……皆さんそれぞれの個性を生かした祭りを計画してますし」

「……ちなみにどんなのかだけ、聞いてもいい？」

うん。俺もそろそろわかってきた。こういう展開において、抵抗など無意味であると……まぁ、それに確かに、アリスの言う通り、楽しそうではある。

「クロさんはオーソドックスな祭りを計画してます。メギドさんは、まぁ、予想通りでしょうけど闘技大会みたいなやつです。リリウッドさんのは宝樹祭に近い形になりそうですね。マグナウェルさんは魔物との触れ合いをテーマにするらしいです。アイシスさんは、フリーマーケットに近い感じになるんじゃないですかね？　私のは、当日のお楽しみってことで」

「……フリーマーケット？　俺としては楽しそうではあるけど、ほかの来賓的にはどうなの？」

「開催前からもの凄く期待が集まってますよ。アイシスさんが集めた品々も並ぶとかで……カイトさんなら知ってるでしょうけど、アイシスさんって昔から気に入った本の中に出てきた品を集める趣味があるんですよ」

「うん。アイシスさんから聞いた」

気に入った本の中に登場した花や宝石を集めるのが、アイシスさんの趣味で、俺も保管している部屋を見せてもらったけど、もの凄い数だった。

「その中には、もう絶滅した草花とか、伝説級の鉱石もあるんですけど……なんと今回、アイシスさんがその『すべて』を手放すと宣言しまして」

「え？　な、なんで⁉」

アリスが口にした衝撃的な言葉を聞いて、俺は食事中だということも忘れて身を乗り出す。

だって、あの品物はアイシスさんにとって思い出の品々で、宝物のはずだ……それを全部手放すって……。

慌てて尋ねる俺を見て、アリスはどこか微笑ましげに俺の方を見つめ、ゆっくりと口を開く。

「……『もう……これは……いらない……これからは……ここに……カイトとの……思い出を……いっぱい並べる』……そう言って、保管庫を綺麗に片づけたあとで、カイトさんと一緒に採ったアイスクリスタルなんかを大切そうに並べてましたよ。愛されてますね～」

「……アイシスさん」

「アイシスさんにとっては、いままでの何万年もの過去よりも、カイトさんと歩くこれからの方が、ずっとずっと、大切だってことでしょうね」

アリスの言葉を聞いて、ふっと肩から力が抜ける。そして同時に、言いようのない幸せな気持ちが湧きあがってきた。

この期待には、是非とも応えたい。アイシスさんとの思い出をいっぱい作って、あの保管庫に入りきらないぐらい思い出の品が、増えるといいな。

雑談をしながら、「～夏風の香りを添えて」だとか「なんとかソース仕立て」だとか、一度聞いただけでは覚えられない名前の、非常に美味しい料理をアリスと食べ進める。

リリアさんの家でも、さすがは公爵家といった感じの豪勢な料理は出たが、リリアさんの性格上、贅をこらした料理というのはあまりなく、こうしたいかにも高級料理というのは初めて食べた。

どれもこれも非常に複雑な味ながら美味しく、同時にとても新鮮で、目と舌で存分に堪能した。

「う～ん。美味しかった」

「ふふふ、そう言ってもらえると勧めた甲斐がありますよ」

食後のお茶を飲みながら、まったりと会話をしつつ……気になるのはお値段だ。

さすがにいまの俺の所持金で払えないということはありえないだろうが、こんな高級店に来るのは初めてなので、いったいどのぐらいの値段なのかが気になる。

そう思っていると、お茶を飲み終えたアリスがそろそろ出ようかと言ってきて、俺もそれに頷いて立ち上がりつつ、待機している店員に話しかける。

「すみません、会計を……」

「ノーフェイス様から、先ほどいただきました。どうぞ、そのままお帰りいただいて結構です」

「……え？　あ、いや……」

「ご馳走様でした。シェフにも、美味しかったと伝えてくださいね～」

「ちょっ、アリス⁉」

料金はすでに受け取っていると言ってくる店員に俺が戸惑っていると、アリスはまったく気にした様子もなくスタスタと歩いて出口に向かう。

まるで初めからこうするつもりだったみたいな反応……慌ててアリスを追いかけると、アリスはこちらを振り返り、ニヤリと笑う。

「まぁ、そういうわけですので……ここは私に奢られちゃってください」

「……もしかして、アリス。お前、最初っから」

「……ま、まぁ、その……ディナー奢ってくれとかは、その、デートしたい口実でしたし……こ、このぐらいお礼をさせてください」

「……お礼って、なんの？」

「絶対わかってて聞いてますよね⁉」

残念。少し不意を突かれたお返しにからかおうと思ったのだが、簡単に見破られてしまった。

顔を赤くして不満そうに告げるアリスだが、その表情はすぐに苦笑に変わり、どちらからでもなく手を繋いで歩きだす。

このまま真っ直ぐアリスの家に帰るのもいいが、なんだか心地よい雰囲気だし……もう少しこのまま、食事の余韻に浸りたい思いがある。

「……さて、カイトさん……折角ですし、浜辺でも散歩して帰りませんか？」

「そうだな、食後の運動にもいいかも」

どうやら、アリスも同じことを思っていたみたいで、近くの浜辺を散歩しないかと提案してくれ、それを受け入れて店の外に出た。


夜の浜辺には寄せては返す波の音と、砂浜を踏みしめて歩く俺たちの足音が響く。

今日は月が綺麗に出ていることもあって、海に反射した光でそれなりに明るさを感じる。

「……ねぇ、カイトさん？」

「うん？」

「……なんか、あっと言う間に時間が過ぎちゃいましたね」

「ああ、凄く楽しかったな」

指を絡めた……いわゆる恋人繋ぎで歩きながら、穏やかな口調で会話をする。

手から伝わってくるアリスの体温と、柔らかい雰囲気の声がとても心地よく、月明かりに照らされる浜辺というシチュエーションも相まって、なんだか凄く幸せな気分だ。

「……はい。本当に、楽しかったです。こんなに楽しいのは、いつ以来だったか……思い出せないぐらいです」

「アリスが楽しんでくれたなら、俺も嬉しいよ」

「……カイトさん」

「うん？」

「……また、こうして、一緒に出かけてくれますか？」

「勿論、いくらでも」

ああ、頬を撫でる海風も、耳に聞こえてくる波の音も、確かな温もりも……どれも、本当に心地いい。

アリスとのデート……一日の間にいろんなことがあった。

芸術広場でメギドさんの意外な一面を見て、慌てる可愛らしいアリスを見られた。恥ずかしさを感じながら昼食を食べさせ合って、ギャンブルで一勝負して……そしていまも、隣にアリスがいる。

本当に、デートが終わることに寂しさを感じるぐらい、とても、楽しかった。

「……カイトさん」

「うん？」

「……好きです」

「……俺も、アリスが好きだ」

互いに好きだと伝えあい……そして、ほとんど同時に足を止め、俺はアリスに、アリスは俺に視線を向けて見つめ合う。

「……カイトさん。えっと、ほら、私、そういうのはまだ早いって言いましたけど……」

「うん」

「で、でも、その、き、きき、キスくらいは……いいと、思うんです」

「……いいのか？」

「はい……その、いい雰囲気ですし……凄く、幸せで……カイトさんとキス……したいです」

「……アリス」

まるで引き寄せられるように、アリスの肩に左手を置き、右手でアリスの仮面を外す。

サファイアみたいな青く美しい瞳に俺の姿が映り、月明かりに照らされる金色の髪が、幻想的なほどに美しく見えた。

一秒、十秒……少しの間見つめ合い、アリスがそっと目を閉じたのを合図に、俺はかがむようにしてアリスに顔を近付ける。

ゆっくり、この瞬間の彼女を脳裏に焼き付けるように近付き、俺たちの距離がゼロになる。

「……んっ」

ぷっくりと柔らかいアリスの唇……その甘美とすら言える感触を、温もりを、余すことなく味わう。

アリスの手が俺の首の後ろに回され、俺もまたアリスの背に腕を回す。

まるでいまだけは世界にふたりだけのような、そんな気持ちを感じつつ……俺たちは時を忘れて、想いを重ねあった。

＊＊＊

浜辺を散歩したあとは、互いに無言のままでアリスの家に戻ってきた。

体が火照るように恥ずかしく、かといって嫌な気分ではない。そんな、くすぐったい気持ちを感じながら、アリスに勧められて先にお風呂に入ることにする。

湯の温もりで一日歩いた体の疲れを癒しながら、脳裏に浮かぶのは先ほどのアリスの姿。

記憶にしっかりと焼き付いたソレを思い出すと、気恥ずかしさと一緒に再び幸せな気分に浸らせてくれた。

どこか悪友のような感じだったアリスとの関係は、こうして大きく変わり……いまの俺にとって彼女は、愛おしい恋人へと、存在感を増して心の中にいる。

なんとなく明日からもまた、楽しくなりそうだと……そんな風に感じていると、控えめなノックの音が聞こえてくる。

「……カイトさん、湯加減はどうですか？」

「え？　う、うん、丁度いいよ」

「そ、そうですか……で、では……し、しし、失礼します！」

「へ？　なぁっ⁉」

浴槽に浸かりながら返事をすると、直後に決意を固めるような声とともに扉が開かれ……恥ずかしそうに体にタオルを巻いたアリスが入ってきた。

え？　ちょっと、待って⁉　なにこれ、どういう状況⁉

「あ、ああ、アリス⁉　い、いったいなにを……」

「そ、そそ、その……で、ですから……か、カイトさんに……『ご褒美』を……」

「ご、ご褒美？」

「は、はい。こ、ここ、こんな、び、美少女のアリスちゃんに、せ、背中を流してもらえるんですから……ご、ご褒美なんです!!」

「……へ？」

名残惜しさを感じつつも、アリスとのデートは一段落して、アリスの家に戻ってきた。しかし、それで終わったと思っていたのは甘い考えであり——まだまだこの一日は続くみたいだ。

入浴中に現れた、タオルを一枚巻いただけのアリス。

彼女は昼間の勝負に俺が勝ったご褒美に背中を流すと言って、真っ赤な顔で風呂場に入ってきた。

「あ、アリス……ご褒美って、その……」

「ご、ご褒美なんです！　だ、だだ、だから、早くこっちに来て、座ってください！」

「い、いや、でも……えっと」

タオルだけを巻いている姿は酷く扇情的で、アリスを女の子として意識し始めたからこそ、変にドキドキとしてしまう。

湯さえ少し温く感じるのは、緊張で俺の体温が上がっているからかもしれない。

アリスが持ってきてくれたタオルを受け取り、湯の中でタオルを腰に巻いてから湯船から出る。

木造りの小さな椅子に座り、やけにハッキリと聞こえる足音を聞きながら待っていると、アリスはゆっくりと俺の背に触れる。

「……で、では、あ、洗いますね」

「あ、う、うん」

スポンジの感触が背中に伝わり、柔らかな感触と共に背中が擦られていく。

「……あ、アリス。どうして急に……」

「……うっ、それは……」

突然背中を流すと言いだしたアリス……勝負に俺が勝ったご褒美だというのは、本人が言っていたが……そもそも恥ずかしがり屋のアリスが、なぜあんな風に勝負を持ちかけてきたのか……それを尋ねてみると、背中を擦っていた手が止まり、小さな声が聞こえてきた。

「……あ、憧れてたんです……」

「憧れ？」

「え、ええ……ほら、私は長いこと恋愛しようとして生きてきたわけです」

「う、うん」

背中を流すことについて、アリスは憧れていたと口にする。

「私にとって恋愛するっていうのは、親友の残した遺言で……死ぬために目指していたものでもありました」

「……」

「けど、それでも……時々、考えていました。私がもし、恋愛をして、誰かと恋人になったら……どんなことをするんだろうって……」

「……アリス」

ポツポツと懐かしむような、そんな穏やかな声が聞こえてくる。

長い、本当に長い年月の間。アリスはどんなことを考えて生きてきたのか、なにを願って生きてきたのか。ゆっくりとそれを伝えるように……。

「一緒に買い物をしたり、並んでギャンブルをしたり……お洒落なレストランで、向かい合って食事をしたり……一緒にお風呂に入って、おっきな背中を流して、やわらかい温もりに包まれて、一緒に寝て……」

「……」

「夢物語みたいなものだと思っていました……けど、こうして、カイトさんと出会えて、恋人になれて……」

そこでアリスは一度言葉を止め、そっと俺の体の前に手を回して抱きついてきた。

アリスの体の柔らかさがダイレクトに伝わり、心臓が飛び出すかと思うほど大きく鳴る。

な、なんか、柔らかい部分の中に、ちょっと固い個所が……というか、素肌の感触なんだけど、タオルは⁉

「……私は、我儘なんです。なので、全部叶えちゃおうって思いまして……」

「そ、そそ、そうか……う、うん。俺もできるだけ、協力する……んだけど……あ、アリス？」

「はい？」

「……タオルは？」

「……え？　あっ……」

首だけを動かし、チラリとアリスの方を向くと……やはりアリスはなにも付けていないまま俺に抱きついていて、その下にタオルっぽいものが少し見えた。

そして確認してみると、やはりアリスが意図したわけではなく……タオルは落ちてしまったらしい。

幸いというかなんというか、アリスが俺に抱きついた状態であるため、危ない部分は見えないが……これは非常にヤバい状況である。主に俺の理性が……。

アリスがなにも身につけていないことを認識すると、やけにその胸の感触を感じるというか、大変危険な状況だ。

そしてアリスの方も、現在の状況に気付いたらしく……肌がのぼせ上がったように赤くなっていく。

「あ、あわっ、あわわ……こ、これは違っ……」

「待て！　アリス！　俺が前向くまで離れ——あっ……」

「……え？　あっ、ひゃあぁぁぁぁぁ⁉」

真っ赤になったアリスは、大慌てで俺から離れたわけだが、その行動がまずかった。

なぜなら現在俺は、アリスの状況を確認するために振り向いている状態で、先ほどまで俺の背中に抱きついていたアリスが離れるということは……つまり、そういうことである。

即座に首を動かして前を向いた……しかし、それでも咄嗟の状況で判断が遅れ……見てしまった。

だから、その……小さな膨らみの上にある桃色の突起を……。

「あわ、ひゃわぁ、あぁぁ……わ、わた、私、な、なにも……」

「あ、アリス落ち着け……見てない！　見てないから！　とりあえず落ち着いて深呼吸を……」

前を向いているのでアリスがなにをしているかわからないが、相当慌てているのはわかる。

なので咄嗟に見ていないと嘘をつきながら、なんとかアリスを落ち着かせようとして……直後に、ふわりと軽い浮遊感と共に、視界が大きく動いた。

「えっ？　うわぁっ⁉」

「……ひゃっ⁉」

どうやら慌てふためいていたアリスの足が、俺の座っていた木の椅子に当たったらしい。

普通ならそう問題のある状況ではないが……アリスの力で蹴られたわけだ。すると、どうなるか……ダルマ落としみたいに、木の椅子を吹き飛ばされた俺は、重力に従って後ろに倒れる。

そんな勢いで木の椅子がスライドして、俺の尻の皮が悲惨なことにならなかったのは幸運だが……状況は最悪だ。

俺は後ろに向けて倒れた。そして現在アリスは裸でテンパり、混乱しているせいかまともにタオルも拾えていなかった。

倒れた俺の視線は見上げるように上に向けられる……そうなると、なにが見えるかは明白である。

一秒、二秒、三秒が経過し……アリスの目がぐるぐると回り始め、そして……。

「……」

「あっ、ぁぁぁぁ……きゃあぁぁぁぁぁぁ！」

「ッ⁉」

絹を裂くような叫び声と共に、アリスは浴室から逃げ出した。

寝転がった状態の俺は、いま見た光景が頭から離れず、完全に放心してしまっていた。

しばらくして再起動した俺は、頭からお湯……いや、水を被ってから浴槽に浸かり、いま見たものを忘れようと必死に首を横に振るが……脳裏に焼き付いた映像は、消えるどころか、意識するとますます鮮明に浮かび上がってきて、下半身に血が集まっていった。


のぼせるほど、長い間風呂に入ってから着替えて、言いようのない気まずさを感じつつリビングに移動すると……アリスが真っ赤な顔で、俯いた状態で椅子に座っていた。勿論、すでに服は着ている。

「……あっ、えっと……」

「……こです……」

「え？」

「さっきのは事故、事故なんです‼　だから、忘れてください‼」

「は、はい！」

茹でダコのような顔で、目に涙を浮かべながら叫ぶアリスに、俺は即座に頷く。

忘れるというのは、正直難しそうだが……なんとか努力することにしよう。

「……で、では、私も……お風呂に入ってきます」

「う、うん。お風呂に……」

「お風呂……」

「……」

「……」

な、なんだコレ？　もの凄く恥ずかしい⁉　ただお風呂って口にしただけで、顔が沸騰しそうだ。

そしてアリスも同様みたいで、真っ赤な顔で口をパクパクと動かしたあと、無言で風呂場に駆け込んでいった。本当にヤバかった。あの状況で、もしアリスが逃げてくれなければ、間違いなく
――理性は崩壊していた。


風呂場でのハプニングのせいもあり、非常に気まずい空気の中、俺は割り振られた部屋に戻ってベッドに横になる。

今日は本当にいろいろあったし、特に風呂場でのハプニングもあり、精神的に疲れているからぐっすり寝られそうだ。

一夜明ければ、アリスの方もいつもの調子に戻るだろう……そこは信頼してる。だからいまは休むことにしよう。

ぼんやりと、そんなことを考えながら、俺は部屋の明かりを消して瞼を閉じた。

……そして、二時間が経過した。

ぜ、全然寝付けない。なんでだ？　もう時刻は深夜一時、普段ならとっくに寝ている時間だし、

一日歩いたおかげで、体にはいい感じの疲労もあるはずなのに……なぜか、まったく眠れる気がしない。

いや、なぜかじゃないな……原因はわかり切っていた。

そう、目を閉じ、心を空にしようとしても……先ほどの光景が……一糸纏わぬアリスの姿が脳裏に焼き付いていて、落ち着かない。

もしかして、俺……溜まってるのかな？　違う……とは、言い切れない。

思えば、デートの最中にも結構その手の話題が出たし、自分でも気付かないうちに、悶々としていたのかもしれない。

昼に冗談でアリスの手を引き、宿屋街へ向かおうとした時……アリスの抵抗は弱々しいものだった。もしかしたら、あそこで強引に引っ張っていってたら……アリスと……。

そんな考えが頭をよぎった瞬間、再び脳裏にアリスの裸体が思い浮かび……俺は寝転んだ体勢のまま、自分の頬をグーで殴った。

なに考えてるんだ俺は⁉　いくらアリスがほとんど抵抗しなかったからって、本人が心の準備が出来てないって言ってるのに、無理やり欲望を優先しようなんて最低の行為、アリスに失礼だろ‼

そうだ、これはアレだ。デートが楽しかったせいで、ドーパミンとかアドレナリンとかが分泌されてて、眠り辛くなってるだけだ！

無心だ。無心になれ……そう、いまは心を空にして、眠りに就くんだ。

布団を頭から被り、必死に眠ろうと試みる俺に対し、現実はどこまでも非情であり……直後に聞こえた控えめなノックの音に、心臓が口から出るかと思うほど驚いた。

「……カイトさん、起きてます？」

「あ、アリス？　お、起きてるけど……」

「……入ってもいいですか？」

「え？　あ、ああ……」

どうしよう！　本人来ちゃった⁉　お、落ち着け、別に変な意味じゃないはずだ。なんか用事があって来ただけだ。そう、きっと緊急を要する用事があるはずなんだ……。

ドキドキとやけに大きく鳴る胸に手を当てながら、ベッドから起き上がり、灯りを付けてからドアの鍵を開ける。

「……こ、こんばんは……」

「……」

そして、現れたアリスの姿を見て、言葉を失った。

アリスは薄い水色のゆったりとした寝巻を着ていた。水玉模様で少し大きめのシャツとズボン。そして頭には三角帽を被っていて、なんというか、色んな意味でどストライクだった。

ちょっと、アリスさん？　本気出しすぎじゃないですか？　昨日とは違うパジャマだし！　マジで、ちょっと、可愛すぎるんだけど⁉

寝巻がアリスのウェーブがかった金髪に映えており、大きめのシャツの隙間から鎖骨の部分が垣間見え、異常なほどに可愛い。

「……カイトさん？」

「……はっ⁉　あ、いや、ごめん。どうしたんだ？」

完全に見惚れてた。コイツ、本当に仮面外すと、ゆるふわロングの金髪に青い目……もの凄く正統派で整った容姿だよなぁ。

本人がたびたび自称してる美少女ってのも、誇張じゃないと思う。

おっと、思考を切り替えろ。アリスがこれから大事な用件を言うはずだ。きっとなにか緊急の事態が……。

「……その『一緒に寝てもいいですか？』」

「……え？　ごめん、なんだって？」

イッショニネテモイイデスカ？　なにかの呪文だろうか？　残念ながら魔法知識の少ない俺では、いったいなんの魔法かはわからないんだけど……。

「だ、だから、カイトさんと、一緒に寝たいんです」

「……」

どうやら未知の魔法というわけではなく、聞こえた言葉通り、一緒に寝ないかということらしい……よかった。

いや、待て！　なにもよくないだろ⁉　むしろ非常にヤバい。昨日も一緒に寝たが、昨日と今日ではいろいろ事情が違う。

今日はデートでアリスの可愛らしさも再確認したし、いろいろなハプニングもあってアリスのことをかなり強く意識している。そのうえ……こんな殺人的に可愛い格好したアリスと、同じ布団で眠る？　いやいや、無理だって、さすがにこれは断らないと、俺の理性が……。

「……その、少し『寂しくて』……駄目……ですか？」

「いや、構わないよ。俺も丁度寝ようと思ってたところだし」

……駄目でした。いや、これは仕方ない。だって、あんな寂しそうな顔で言われたら、断れるわけがない。

ぐっ、だ、大丈夫だ。まだ、まだ耐えられるはずだ……俺の理性は、まだ、死んではいない。

カーテンの隙間から差し込む微かな月明かりだけの薄暗い室内。ひとりで寝るには大きいが、ふたり寝るには少し小さいサイズのベッドで、現在俺はアリスと向かい合って布団に入っていた。

「……ごめんなさい。わがまま言って」

「いや、でも、どうしたんだ急に？」

「あ～いえ、その、今日のデート……本当に凄く楽しくて、それで……ちょっと、カイトさんに甘えたくなっちゃいました」

「……」

ここでアリスからのジャブ、もといストレート……このはにかむような笑顔は凄まじい威力であり、俺の理性がガッツガツと削られている。

初撃からレッドゾーンに突入しそうな理性を必死に奮い立たせ、アリスの方を向いて苦笑する。

「あっ、そうだ！　カイトさん、『腕枕』してもらったりしたら、駄目ですかね？」

「……ぜ、全然大丈夫だ。ど、どんとこい」

「ありがとうございます。じゃあ、失礼して……」

しかし、ここで更なる追撃が俺を襲う。

理性の糸がノコギリで削られているような、そんな感覚を味わいつつも、アリスの要望を了承する。

するとアリスは嬉しそうに俺の手を持って動かし、宣言した通り俺の腕に頭を乗せる……さ、さっきより顔が近くに⁉

「……あ、あはは、ちょっと恥ずかしいですね。でも、これも……一度やってみたかったんです」

「……憧れてたこと、全部叶えるんだったっけ？」

「はい。またひとつ叶っちゃいました……幸せ、です」

「そ、そそ、そうか……」

ねぇ、やっぱワザとじゃない？　ワザと俺の理性を崩壊させようとしてない？　もう本当にヤバいんだけど、腕にアリスの体温を感じてるし、吐息が顔に当たってるし……。

そしてアリスも俺も沈黙し、薄暗い闇の中で、俺たちはジッと見つめ合う。

まるで吸い込まれそうなほど美しいアリスの目を見つめ、なんだか交わる視線が熱くなっていくような気がした。

「……あ、あの、カイトさん……いまさらですけど、コレって……凄く恥ずかしい状況ですよね」

「う、うん。確かに凄くいまさらだけど……」

「……あの……キスだけなら……その……いいですよ？」

「……え？」

小さく聞こえてきた声に、反射的に聞き返す。アリスは恥ずかしそうに顔を赤くしながら、それでも俺を見つめたまま言葉を続ける。

「……まだ、そういうのは、ちょっと勇気がでないですけど……キスなら……いえ、その、キス……して欲しいんです」

「……アリス」

頭が痺れるように熱い。アリスから目を離せない。

もうすでに二度キスはしたはずなのに、どうしようもないほど緊張してしまうのはこのシチュエーションだからだろうか？

微かに震える手をアリスの頬に当て、俺は真っ直ぐにアリスの瞳を見つめたままで顔を近付ける。

アリスも瞳は閉じず、キスしやすいように少しだけ顔を傾けて近付いてきて、数秒の後……俺たちの唇が重なる。

「んっ……」

柔らかく、どこか甘いようなアリスの唇。アリスの瞳に映る俺の姿が、やけに鮮明に見えた。

そのまま数秒唇を重ねていると、意識したわけでもなく……熱に導かれるように、俺の舌がアリスの閉じた唇を軽くノックする。

「んんっ!?」

それに気付いたアリスは大きく目を見開き、驚愕したような表情を浮かべた。

そして俺が自分の失態に気付き、顔を離そうとすると……アリスの手が俺の首の後ろに回され、先ほどまでより強く唇が押し付けられ、同時に……俺の舌を導くように、薄く口が開かれる。

「……んちゅ……ぁっん……ちゅ……」

吸い込まれるように俺の舌はアリスの口の中に入り、温かく甘いその口内を味わおうと動きだす。

初めはされるがまま、抵抗せずに俺の舌を受け入れていたアリスだが……少しすると、俺の舌に導かれるように、彼女の舌も動きだし、舌同士が絡まり淫靡な音を立てる。

「ん……ぷぁ……んゅ、ちゅぅ、じゅっ……はぁっ……ちゅっ……」

いったいどれぐらいそうして、互いの唾液を交換し合っていただろうか？　長い、本当に長いキスを終えて、顔を離すと、俺とアリスの口の間に銀色の糸が見えた。

そしてアリスは放心したような、トロンとした表情を浮かべていたが、少し経って回復してきたのか、顔を真っ赤にする。

「……あぅぅぅ」

「そ、その、ごめん……つい」

恥ずかしさが湧きあがってきたのか、真っ赤な顔を俺の胸に埋めるアリスに、つい反射的に謝罪の言葉を口にする。

「……だ、大丈夫です……ビックリしましたけど……気持ちよかった……です」

「うっ……」

「そ、その……えっと、カイトさん」

「う、うん」

「きょ、今日はここまでで……ゆ、許してください」

「あ、ああ、大丈夫……アリスに無理をさせるつもりはないから」

腕の中にいるアリスをそっと抱き締め、安心させるように優しく言葉をかける。この際、下半身だけは少し離しておくのを忘れてはいない。

俺の腕に抱かれたアリスは、潤む目で俺を見上げながら、小さな声で呟いた。

「……ごめんなさい……あまり、長くお待たせはしませんから……私に勇気が出る日まで……少しだけ……待っててください」

「うん。焦らなくていいから……」

「……はい。ありがとうございます」

その言葉を最後にアリスは目を閉じ、少しして、俺に身を預けたままで穏やかな寝息を立て始める。

俺を信頼しきっているその表情を見ながら、俺は……静かに徹夜を覚悟した。

第二章　再来する天使

一夜明け、アリスが作ってくれた美味しい朝食を食べたあとで、俺とアリスは軽く遊んでいた。

「……おっ」

「おっと、レベルアップですね。ふふふ、追い上げますよ～」

アリスが回したルーレットの目が4を示し、駒を四つ動かすとレベルアップマスだったようで、アリスは明るい笑みを浮かべる。

現在俺とアリスがプレイしているのは、俺の世界でも見覚えのある……いわゆる、すごろくだった。

「しかし、よく出来てるなぁ、この……『勇者すごろく』だっけ？」

「ええ、すごろく自体はカイトさんの世界から伝わってきましたけど、この勇者すごろくは広く浸透しましたね。いまでは、大抵の子供なら一度は遊ぶ定番品です」

この勇者すごろくは、初代勇者の旅を再現したものらしく、駒を進めて魔王を倒せば上がりという……ノインさんが悶絶しそうなすごろくである。

駒にはレベルがあり、レベルアップマスに止まることで上昇する。道中の魔物マス等でレベル判定があり、レベルが低いと戻されてしまったりする感じで、中々に楽しい。

しかも小さなものではあるが演出用魔水晶が搭載されているらしく、所々で魔物の鳴き声が聞こえたり、光による演出があったりして、結構手が込んでる。

大人から子供まで楽しめそうだ。

「しかし、こうしておもちゃにまでなってるのを見ると、改めてノインさんって尊敬されてるんだって実感する」

「そりゃあ、彼女はこの世界の英雄ですからね。少人数で魔王を打ち破り、世界を平和にした……わかりやすいヒーローですよ」

「……それで思い出したけど、ノインさんのパーティーって、確か魔法使い、槍使いと……万能な盗賊って、本に書かれてたんだけど……あんまり詳しいことは載ってなかったなぁ」

以前クロに勧められて買った本には、ノインさん……勇者ヒカリの名前は記載されていたが、それ以外のパーティーメンバーは、魔法使い、槍使い、盗賊と職業で書かれていて、名前は載っていなかった。

意図的な書き方だったので、なにか理由があるんだろうとは思うが……折角ここに、当時を知るアリスがいるんだし、それについて尋ねてみることにした。

「……ああ、それは政治的な処置ですね。わりと広く知られていることですが……初代勇者のパーティーメンバーのひとりは、現ハイドラ国王なので……国家間の力関係に配慮して、記載しないのが暗黙の了解みたいになってるんですよ」

「へぇ……そういえば、アルクレシア帝国に行った時に少し聞いたな。人気が凄いとか……ラグナさんってひとだったっけ？」

「ええ、ラグナ・ディア・ハイドラ……槍使いですね」

「……なんか本には『荒れ狂う大河を槍で割った』って書かれてたけど……」

「史実ですよ。そのぐらいの力はありますよ」

さすが、初代勇者のパーティーメンバー。相当凄い人なんだろう。

「……ほかのメンバーは？」

「えっとですね。『森の賢者』と呼ばれたエルフ族の魔法使いで、現エルフ族最長老のフォルスさん……そして、正体すらわからない『謎の超絶美少女義賊』のハプティちゃんですね！」

「……え？　アリスって、初代勇者の旅に同行してたの？」

「さぁ、なんのことでしょう？　私は謎の超絶美少女義賊ハプティちゃんとは、なんの関係もないですよ～」

いや、絶対お前だろ……たぶん姿を変えてメンバーに潜り込んでいたんだろう。確かにアリスなら、そのぐらいのことはやってのけても不思議ではない。

「……なぁ、アリス」

「はい？」

「俺、ずっと疑問だったんだけど……いくら当時は六王が動きにくい状況だったとはいえ、お前なら……魔王を始末したうえで、人界に根回しをすることも可能だったんじゃないのか？」

「……まぁ、否定はしませんよ。ヒカリさんみたいに三界の友好条約を結ぶのは難しかったでしょうが……魔王軍を始末するだけなら、いくらでも方法はありました。人族が勝ったように偽装するのも、まぁ、できたでしょうね」

「……」

「では、なぜそれをしなかったか……ここから先の話は、ほかの人には話さないでくださいね」

「わかった」

これから俺が……いや、世界のほとんどの人が知らない真実を話す。そしてそれは、秘匿しておいてくれと、そう前置きをしてからアリスは話し出す。

「……当時、私たち六王が魔王に手を出せなかった……いや出さなかった理由は、ふたつです。ひとつは、カイトさんも知っての通り、人界へのパイプ不足ですね」

「……」

「そしてもうひとつは……私たちのトップである『クロさんがソレを躊躇していた』からです」

「……クロが？」

「……魔王はですね……クロさんの『家族』なんですよ」

「なっ⁉」

アリスの告げた言葉は、本当に衝撃的な内容だった。魔王がクロの家族？　じゃあ、魔王はクロに離反して、戦いを挑んだってことなのか？

いや、なんだか、アリスの表情を見ていると……そうじゃない気がする。

「……正直、魔王が人界を侵略したのは、私たちにとっても完全に予想外でした。そんなことをするような性格の子じゃなかった。私たち……クロさん以外の六王にとっても、魔王は妹分みたいな存在でした。他者を思いやる優しい心を持った子で、クロさんのことを本当の母親みたいに慕ってたんです」

「……そう……なんだ」

「だからこそ、なにかとても大きな事情があるんじゃないかって……六王同士の話し合いでも、対応について、意見が割れました」

「……」

「名前は伏せますが『ぶん殴って連れ帰ればいいだろうが』、『……だめ……きっと……理由が……ある』、『しかし、ここまでのことをしておいて、なんにも手を打たぬというのもまずかろう?』、『ならばまずは、原因を探るべきではありませんか?』って感じでしたね」

「なんとなく、誰がなに言ったかはわかる気がする」

「まぁ、『いや、もう、世界に混乱招くなら、さっさと殺せばよくないっすか?』……とか言う、空気読まない幻王もいたらしいですけどね。幻王最低っすね!」

「お前だ、お前!!」

　非常に真面目な話かと思えば、途中でふざけながら自虐ネタを入れてくるアリスに、やや呆れながら続く言葉を待つ。

「……まぁ、最終的に勇者……ヒカリさんが現れたことで、様子見ってことで落ち着きましたけどね」

「……『アリス以外』がって、ことか?」

「ええ、その通り……私は、分体をこっそりヒカリさんの旅に同行させました。ヒカリさんが魔王を上手く処理できないと判断すれば、即座に手を下すために……まぁ、結局ヒカリさんが倒したんですけどね」

「……それで、魔王は……」

「……生きてますよ。詳細はできれば聞かないで欲しいですが……己の罪を悔いながら、いまも贖罪を続けています」

「……そうか」

それ以上言葉は出てこなかった。

リリアさんから話を聞いた時は、魔王はどこか情けない奴で、勇者に倒されてめでたしめでたしと思っていたけど……どうも、そう簡単なことじゃないみたいだ。

特に当事者でもあるクロは……どんな気持ちだったんだろうか？　わからない、けど、俺が気安く踏み込んでいい話題じゃないのは理解できる。

そんなことを考えている俺に向かって、アリスは優しい表情で微笑む。

「まぁ、カイトさんが気にすることはないですよ。これは千年前の話で、もう終わったことですから……おっと、お茶が切れてますね。淹れてきますよ」

「ありがとう」

確かに、アリスの言う通り……これはもう千年前のことであり、当事者たちの中で解決しているなら、俺が関わるべきことじゃない。

けど……なんでだろう？　なにか少し――心に引っかかる気がする。

＊　＊　＊

新しく紅茶を淹れながら、アリスは少し昔のことを思い出していた。魔王の件について揺れる魔界で、クロムエイナと交わした言葉を……。

――いい加減にしてくださいクロさん！　確かにあの子は誰も殺していないかもしれない。それでも便乗して攻め込んだ馬鹿共はそうじゃない！　御しきれてないのなら、あの子の責任でしょうが！

――そうかも、しれない……でも……。

――どんな事情があるかまでは知りませんが……狂ってしまったのなら、始末してあげるのが慈悲ですよ。

――……シャルティア……お願い……もう少しだけ、待ってほしい。

深く頭を下げるクロムエイナ……彼女にとって大恩のある相手の思い悩む表情には、さすがのアリスも非情にはなり切れなかった。

――……わかりましたよ。とりあえず、あの勇者があの子と対峙するまでは様子を見ます。それでも、どうにもならないと判断したら……私が全員殺します。それで、いいですね？

――……うん。ごめん。

――……一言だけ、言っておきます。たとえ生き残ったとしても……正気に戻れば、後悔の火が心を焼き続ける……あの子に、救いの未来なんて訪れません。

――……。

その言葉はアリスの本心だった。たとえ魔王が、フィーアが生き延びたとしても、再び彼女と家族が以前の関係に戻ることは不可能だと、誰よりもフィーア自身がソレを受け入れるはずがないとそう思っていた。

そこまで考えたところで、アリスは考え込むような表情を浮かべている快人を見て、フッと優しげに笑みを零した。

（……あの子は永遠に苦しみ続ける。なら、もう、そっとしておいてあげるべき……そう、思ってたんですけどね）

だが、アリスは巡り合った。長年悩み苦しみ続けてきた己の心を救い変化をもたらしてくれた相手と……だからいまは、かつてとは違う考えも心に浮かんでいた。

（……カイトさんならもしかしたらって、思っちゃいますね。いまもなお、己の罪に焼かれ続けているあの子にも……手を差し伸べてくれるんじゃないか……なんて、ちょっと、都合のよすぎる期待ですかね？）

己の恋人の前にそっと紅茶の入ったカップを差し出したあと、アリスは視線を窓に向けて遠い景色を眺める。

（……私は、ついさっき、ルーレットを回しました。カイトさんはきっと動く……ほかならぬクロさんのことだから……さて、フィーアさん？　貴女には、カイトさんの手を取る勇気は……ありますか？）

＊＊＊＊

昼食を食べたあと、俺とアリスはのんびり並んで座っていた。

「……客、来ないっすね」

「そうだな……」

雑貨屋のカウンターで、のんびりと本を読みつつ店番をしているわけだが、まぁ、予想された結果ではあるが全然客は来ない。

しかしアリスもそれはわかっているのか、緩い口調で話しながら、なにやら小さなアクセサリーを作っていた。

「……本当に、全然来ないな」

「……まぁ、そうっすね～」

「というか、この店……俺以外で客来ることあるの？」

「う～ん『一月にひとり』くらいは来ますね～」

「……それ、店の意味あるのか？」

どうやらアリスの雑貨屋は、本当に常時閑散としているらしい。

まぁ、確かに大通りから外れた店ではあるが……そこまで来ないものなのか？　もしかしたら、怪しい着ぐるみの現れる危険な店として、避けられてるんじゃないだろうか……。

そんなことを考えつつ、ふとカウンターの横に置いてある商品が目に留まる。

「……これって、マジックボックスか？」

「うん？　いえ、違いますよ。それは『ランダムボックス』です」

「……ランダムボックス？」

カウンターの横にある小さな箱には、黒く四角い物体……俺の持っているマジックボックスによく似たものが入っており、どうやらそれはランダムボックスという名前らしい。

「使い捨てのマジックボックスを使った商品です。魔法具を作る時に削った魔水晶の粉を加工した『魔法紙』ってもので作られてます。再使用はできませんが、一回分ぐらいなら術式を保存しておけますし、魔水晶に比べて安価なので冒険者がよく使いますね」

「へぇ、つまり一回だけ中にものを入れられるってことか……」

「ええ、まぁ、小さなタンスぐらいの容量しかないですが、持ち運びには便利ですしね……で、このランダムボックスは、その言葉通りランダムに品物が入ってる商品……まぁ、わかりやすく言うと『ガチャ』ですね！」

「……なるほど、もの凄くわかりやすい」

「ひとつ十Rで、開けてみないとなにが入ってるかはわかりませんが……貴重なものが入ってることもあります。ちなみに、セーディッチ魔法具商会製です」

ひとつ千円か……。

つまりお金を出してこのランダムボックスを買えば、中にある商品を手に入れられる。たぶん中には、価格以上のものも入っていたりするんだろう。

「わりと人気のある商品ですよ」

「……まぁ、客が来ない状態だと、人気商品仕入れてても意味ないだろうけど……」

「ですよね～」

「……」

「おっ、カイトさん？　興味ありますか？」

「う、うん。ちょっと引いてみたいかなぁ……十Rだっけ？」

「五つ買うなら、四十五Rにしますよ？」

ちょっと興味があり、引いてみたいと思ったので財布を取り出すと、アリスは商売のチャンスを逃すまいと、まとめ買いならお得と言ってくる。

「じゃあ、五つで」

「まいどあり～。さっ、好きなの選んでください」

アリスにお金を支払ってから、たくさんあるランダムボックスの中から適当に五つ選ぶ。

「……あれ？　これ、どうやって開けるの？」

「底に付いてる紐を引けば、解除されて中身が出てきますよ～」

「どれ……うん？」

箱の底に付いていた小さな紐を引っ張ると、一瞬ランダムボックスが輝き、それが消えたあとで目の前に一枚のカードみたいなものが出てくる。

よくあるトレーディングカードぐらいのサイズだが、いい紙を使っているのか綺麗だ。

「むむっ、それはもしかして……」

「え？　なんか珍しい？　……って、これ、クロじゃん」

カードを引っくり返してみると、そこにはベビーカステラを食べているクロの絵が描かれていた。

かなり腕のいい画家が描いたのか、柔らかい色合いでクロの可愛さが引き立ってる気がする。

「おぉぉぉ、凄いですよ！　さすがカイトさん、クロさんのブロマイドを引き当てるとは……それ滅茶苦茶レアですよ」

「ブ、ブロマイド？」

「ええ、六王や最高神のブロマイドが超レア商品として入っていますが……中でもクロさんのは、本人が恥ずかしがってて……一番初めに、自分の商会の商品だからって了承した数枚しか存在しません」

「そ、そうなの？」

「です……なので、初期ロットにしか入ってないので普通はもう手に入らないんですけど……ほら、うちのはずっと初期から売れ残りなので……」

世界に数枚しか存在しないクロのブロマイド……うん、可愛い。大事に保存しておこう。

「ちなみにそれ、オークションに出せば、冥王愛好会がとんでもない金額で落札してくれますよ」

「そ、そうか……怖いから自分で持っとくよ」

「それがいいかもしれませんね……まぁ、それはそうと、次も開けてみてくださいよ」

「あ、ああ……って、でかっ⁉」

アリスに促されて次のランダムボックスを開封してみると、今度は五十㎝くらいはある大きなドラゴンの模型が現れた。

「おっ、これはまた……ランダムボックス限定の古代竜模型じゃないですか」

「……これ、どうしよう……」

「ちなみにこれ、リリア公爵が欲しがってますよ」

「そうなの？」

「ええ、現在は製造終了しているので……手に入れられなくて泣いてたそうです」

「……リリアさん」

そう言えばリリアさんはドラゴンが好きだったか……よし、これはあとでリリアさんにあげよう。

さて、それじゃあ次は……。

「……王冠？」

「おもちゃの王冠ですね。そういう子供のおもちゃも入ってます。その王冠は、わりと本格的なので高いですよ」

「なるほど、それじゃあ、次は……え、え～と」

四つ目を開封すると、なんだか見覚えのある……というか、横にいる奴がいつも被ってるのによく似た仮面が現れる。

「おっと、これは大当たりですね！　幻王様手製の仮面、激レアですね‼」

「なんだ、外れか……」

「流れるように捨てた⁉」

まぁ、ガチャなわけだから……大当たりもあれば、完全な外れもある。

手に入れた仮面を、そのままゴミ箱に放り込み、最後のランダムボックスを開封する。

すると今度は、植木鉢に入った植物が現れる……なるほど、マジックボックスの中だと劣化しないから、こういうのも入ってるのか……。

「アリス、これは？」

「クリスタルハーブですね」

「珍しいやつなの？」

「結構希少ですね。単品だと効果はないですが、ほかのハーブの効果を高めてくれますので、結構高値で取り引きされます」

ハーブか……これも当たりなんだろうけど、俺が持ってても使い道に困るな。

ああ、そう言えばフィーア先生ってハーブを育ててるんだったっけ？　だとしたら、フィーア先生にあげてもいいかもしれない。

「……しかし、カイトさんの運は恐ろしいですね。普通もっと、ペン一本とかしょうもないものが入ってるんですが……五個買って、全部当たりとは……」

「いや、外れがひとつあった……変な仮面」

「カッコいいじゃないですか⁉　カイトさんも着けて、私とお揃いにしましょうよ！」

「死んでも嫌だ」

「これ以上ないほど強い拒否⁉」

ガックリと肩を落とすアリスを見て、思わず苦笑を浮かべる。

そんな風にアリスとくだらない雑談をしながら、のんびりと過ごしていると……店のドアに付いた鐘の音が聞こえる。

「……おっ」

「……え？　まさか客が来たんすか……珍しい」

まさか客が来るとは俺もアリスも予想外で、ふたり揃ってドアの方を向く。

「いらっしゃ……」

「少々安っぽさは感じますが、悪くはない雰囲気の店ですね」

「……即座に帰れ、腐れ天使」

明るくいらっしゃいませ、と言おうとしたアリスの言葉は途中で止まり、すぐに引きつった顔で現れた客に帰れと告げた。

そう、現れたのは見覚えのある天使……エデンさんだった。

その姿を見てアリスは、警戒心を強めながら口を開く。

「ずいぶん早い再登場ですね。今度はなにしに来たんですか？」

「……」

「……前は対話って言ってましたね。今回はなんですか？」

「……」

しかし、エデンさんはアリスの質問に答えることなく無言で俺たちの方を見ている。

なんとなくいやな緊張感を実感しつつ、俺も恐る恐るエデンさんに話しかけてみることにした。

「……その、また、俺になにか用事ですか？」

「ええ、その通りですよ、愛しい我が子。貴方の言葉通り、母は貴方と再び会うために、一度元の世界に戻って体を再調整して帰ってきました」

「なんで私は無視して、カイトさんの質問には喰い気味に返答するんすかねぇ……」

「……」

「……カイトさん、コイツぶん殴っていいっすか？」

あまりにも俺とアリスで対応の差が露骨であり、アリスは引きつった笑みを浮かべる。

「はぁ、まったく。いま私は我が子と会話をしているのですよ。貴女の実力は認めていますが、いまは我が子ではない貴女に割く時間はありません。喚かず大人しくしていなさい」

「……よ～し、その喧嘩買いましょう。ぶっ飛ばしてやりますよ！」

「あ、アリス。落ち着いて……」

エデンさんの対応に、アリスは珍しくイラついているみたいで、本当にいまにも殴りかかりそうだった。

そんなアリスを宥めつつ、俺は以前から気になっていたことを尋ねてみることにした。

「エデンさん、少し質問してもいいですか?」

「ええ、もちろんですよ、愛しい我が子」

「えっと、結局貴女は……俺がいた世界を造った神様っていう認識でいいんですか?」

「その通りです。貴方は私が創造した世界で生まれました。故に我が子です」

やはりエデンさんは、アリスが予想したように俺のいた世界の神様……この世界でいうところのシロさんのような存在みたいだ。

「なるほどね……それで、もう一回同じ質問をしますけど、結局今回はなんの目的で来たんですか?」

「先ほど私が言った言葉が聞こえていなかったのですか? 不敬も甚だしい。あとで相手をしてあげますから、置物のように部屋の隅で黙って座っていなさい」

「……かっち～ん。これは仏のアリスちゃんと呼ばれる私でも、ブチ切れ案件ですよ。というか、絶対喧嘩売ってるでしょ、貴女!」

その仏のアリスちゃんとやらは初耳だが、このままでは本当に以前みたいなバトルに発展してしまうので、とりあえずアリスには落ち着いてもらって、俺がエデンさんと会話することにした。

「……それで、エデンさんは俺に会いに来たということですが、神様がなぜわざわざ俺に会いに?」

「それは、貴方こそ私が求め続けた存在だからです」

なんでだろう? なんかいま背中に氷でも突っ込まれた気分がしたんだけど……鮮やかな虹色の

はずの瞳が、なんかドロドロした黒色に見える……え？　なんで？

「……そ、その心は？」

「私はずっと待っていたのですよ。私の創り出した世界で生まれた我が子が、我に歯向かってくれるのを。そう、そうです……貴方のことです。貴方は以前、私に正面から立ち向かってきました……とても雄々しく、凛々しい目で……あぁ、素晴らしいことです。私の言いなりになるだけの存在などいくらでも作れる。私は、私に歯向かう者にこそ寵愛を与えたい。無論、ただ歯向かうだけではいけません。そこに私の理想という名の煌めきがなければなりません。そう、そうなのです。貴方こそ私の理想、私の至高。長年探し求めた愛しい我が子……あぁ、感謝しましょう。貴方に巡り合えた奇跡を……もっと私に、いえ、『母』によく顔を見せてください。とても力強い輝きのある目、なんと美しい。あぁ、怖がらなくて大丈夫ですよ。私は貴方を蕩けるほどに甘やかしましょう。燃やし尽くすほどの愛を囁きましょう。私は貴方のすべてが愛おしい。髪の毛一本すら余すことなく、私の寵愛の対象です。貴方という存在に比べれば、ほかのすべてが路傍の石に思えるほどに、貴方という存在は絶対で愛おしい。しかし、そんな愛おしい我が子が、この世界の空気を吸っているなんて……あぁ、駄目、駄目です。こんな有象無象と同じ空気など、愛しい我が子には合わない。貴方のためだけに『空気を創りましょう』。そう、それがいいです。貴方だけのために、貴方だけが吸える、そんな空気を創り出してあげましょう。あぁ、なんて素晴らしい！　母である私が創り出した空気が、愛しい我が子の生に不可欠なものとして存在する。なんと美しい法則でしょうか……しかし、そうですね。空気だけではいけませんね。愛しい我が子が踏みしめる大地も、愛しい我が子が仰ぎ見る空も、愛しい我が子が聞く音も、なにもかも至高のものであるべきだと、私はそう思います。では、愛しい我が子にとっての至高とはなんでしょう？　そう、そうなのです！　それは母の愛によって作られるものです。我が子へ注ぐ私の愛が、確かなる形となる。大丈夫です、愛しい我が子よ。母にはソレをなすだけの力があります。貴方は安心して母たる私にすべてを委ねるだけでいいのですよ。ああ、しかし、不安ですよね？　母は愛しい我が子のすべてを知っていますが、愛しい我が子はまだ母のことをなにもかも知っているとは言えないかもしれません。それは全知ならざる身としては致し方ないことでもあります。無論これから知っていけばいい、母のすべてを貴方に教えてあげましょう。安心してください、愛しい我が子よ。私はちゃんと、一度元の世界に戻って『全知の力をもって貴方のすべてを』完全に記憶してきました。そう、愛しい我が子のことは、私が一番よく知っているのです。生まれた時の体重も、自我の芽生えた瞬間も、初めて瞳に映したものも、初めて食したものも、いままで食べた食材の種類も数も、何度瞬きしたかも、何度呼吸したかまで……私は、すべて知っているのですよ。そんな貴方に合わせて、この『体も調整』してきました。貴方の好みに合わせて、貴方が最も心地よいと感じるものへ、貴方の至高となれるように。思い出として初めて巡り合ったこの姿のままで、その中身はすべて一から『創り変えて』きたのですよ。つまり、この体もまた愛しい我が子のためだけに創り上げた、愛しい我が子のためだけの至高の体と言っていいのです。ああ、母は幸せですよ。我が子のために多くのことができて。しかし、しかしです。まだまだ足りないのです。母は愛しい我が子を甘やかし尽くしたい。まだまだ、こんなものでは私の愛を表現できません。そう、そうなのです！　母の愛のすべてを愛しい我が子に伝えるには、時間が必要です。しかし、その間に愛しい我が子の身が、低位なものに囲まれた空間に存在していることを許容してしまっていいのでしょうか？　愛を伝えゆく過程の時間もまた、愛しい我が子にとっての究極であり、至高であるべきなのです。そう、そうなのです！　母である私がまず最初に取り組むべき行いは……」

こ、怖えぇぇぇぇぇぇぇ!?　なにこの方、かつてないほどの恐怖を与えてくるんだけど!?　俺なんにも言ってないのに、延々と話し続けてるし……なんか、目からハイライト消えてるんですけど!?

「……カイトさんの世界の神って、ぶっとんでますね。完全に目が逝っちゃってますよ……」

「知りたくなかった。こんな事実……」

俺の世界の神がヤンデレで、それに完全にロックオンされてるとか、できるなら知りたくなかった。超逃げたい。

なんか、いまだ壊れたラジオみたいに話し続けているし、目の奥にどす黒いもの見えるし……マジで、怖い。

さすがのアリスも引いてるみたいで、さっきまでの怒りを引っ込めて微妙な表情に変わっていた。

「……ああ、そう、そうです。私が愛しい我が子のことを一番わかっています。私が、一番愛しい我が子を愛してあげられる。あぁ、ならばいっそ、愛しい我が子のために『世界を造りましょう』。そう、それがいいです。貴方を肯定する存在だけを生み出しましょう。貴方に相応しい品々を用意しましょう。その世界で、私が蕩けるほどに愛してあげます。そう、それが愛しい我が子のためなのです……さっそく――」

「ふんっ⁉」

どんどんエスカレートして恐ろしいことを言っていたエデンさんの前に、突然クロが出現し……有無を言わさず、エデンさんを殴り飛ばした。

エデンさんは黒い渦に吸い込まれて消えていったが……そこはさすがというべきか、すぐになんでもないような顔で戻ってきた。

「……なにをするのですか？　神の半身よ。私はいま、愛しい我が子との輝かしい未来について考えていたのです。邪魔立てするなら、許しませんよ？」

「こっちの台詞だからね、それ！　いきなり元の世界に帰って、戻ってきたと思ったら、なにふざけたことを……カイトくんに迷惑かけるなら、排除するって言ったでしょ！」

「迷惑などかけていませんよ？　我が子は、私に愛されることこそ、幸せなのです」

「……いや、違います」

なんか勝手に恐ろしい幸せを組みこもうとしてきたので、それに関しては即座に否定する。

さすがに怒るかと思ったが……なぜかエデンさんは、俺の冷たい言葉を聞いて目を輝かせる。

「あっ、ぁぁ……また、私に反抗してくれた⁉　私の言葉に頷くのではなく、己の意思にそぐわぬなら否と口にしてくれるなんて……なんて逞しいのでしょう。あぁ、やはり貴方は至高の存在！」

「……」

駄目だこの神、手がつけられねぇ……なに言っても、強制的に好感度が上がりそうな気さえする。

なにかな？　無敵なのかな？

「わけのわからないことを……ともかく、これ以上カイトくんを怖がらせるなら……殴り飛ばすよ」

「……できるものなら、やってみなさい」

「……」

「……」

完全に切れているクロにも、一切躊躇なく喧嘩を売るエデンさんは、本当に凄まじく……そして、なにより始末が悪い。

これから先が、凄く不安になってきた。

「……カイトさん、お茶飲みます？」

「……渋いの頂戴」

バチバチと火花を散らすクロとエデンさんを見つつ、俺は疲れ切った顔でアリスが淹れてくれたお茶を飲む……湯気が目に染みるよ……涙出てきた。

エデンさんはいままで俺が出会った人の中でも、ぶっちぎりでヤバい存在だと思う。そして、そんな相手に完全にロックオンされてる悲劇。なんていうか――愛が重すぎる。

＊＊＊

クロが「ちょっと表出ろや」って感じで、エデンさんを連れて亜空間に消えてから三十分が経過した。

おそらく、亜空間では想像を絶する戦いが繰り広げられているのだろう。まぁ、ガチバトルっていうよりは、喧嘩って感じだったから命のやり取りまではなさそうだけど……。

そして、現在、雑貨屋のカウンターでも激しい戦いが繰り広げられていた。

「……くっ……よし！」

「ぐっ……やりますね。カイトさん……しかし！　甘い！」

「な、なんだと……」

劣勢だった俺が起死回生の攻めを行うと、アリスは一瞬苦しそうな表情を浮かべたが、即座に切って返してくる。

甘かった……アリスのスペックがすさまじいのは知っていたが、あの状態から繋いでくるとは……くそっ、なにか、なにか逆転の手はないのか？

焦りと共に手を伸ばすが、冷静さを欠いた行動が上手くいくことはなく、無情にもソレは大きく傾き……崩れた。

「よしっ！　私の勝ちですよ！」

「ぐぅ……負けた」

木のブロックが崩れ落ち、俺の敗北が決定する。

うん、多くの人が遊んだことがあるであろう、積み重ねた木のブロックをひとつずつ抜いて上に載せるゲームだ。

まさか、あんなに傾いてる状態で、バランスとって積んでくるとは思わなかった……アリス強い。

「ふふふ、運勝負じゃ負けてばかりですので、こうして勝つのは気分がいいですね」

「なんか、ほかの人ならともかく、アリスに負けるのは……むかつく」

「なんでっ⁉」

リベンジのためにもう一戦と、そう思って木のブロックを拾っていると……黒い渦が現れ、クロとエデンさんが戻ってきた。

「……おかえり、クロ」

「ただいま……はぁ、もう、本当に強いから質《たち》悪いよ……疲れたぁ」

さすがひとつの世界を創った神というべきか、エデンさんは相当強いらしく、クロは珍しく疲れた表情で溜息を吐く。

そんなクロを見ていると、エデンさんが俺に近付き、軽く頭を下げる。

「先ほどは、失礼しました。『宮間快人』……少し、舞い上がっていました」

「あ、いえ……」

呼び方が「我が子」から「宮間快人」に変わってるし、先ほどまでの寒気がする感じはない。どうやら冷静になってくれたみたい……うん？　この方いまなんて言った？　少し舞い上がってた？　あれで……少し？

「もう、ともかく……カイトくんに迷惑をかけたり、カイトくんの友だちに危害を加えたりしちゃ駄目だよ！」

「見くびらないでいただきたいですね、神の半身。私が、愛しい我が子を悲しませるなどありえません。宮間快人にも、その友人にも、危害など加えはしませんよ」

「……お～い、でっかいブーメラン刺さってますよ？　数日前のこと、もう忘れてるんすか～？」

「……」

「こ、このっ……」

俺を悲しませない。俺にも友人にも危害は加えないと告げるエデンさんに、数日前にガチバトルをしたアリスが突っ込みを入れるが……エデンさんはこれを華麗にスルー。恐ろしい方である。

「……だ、だいたい。さっきは誘拐して監禁みたいなこと言ってたじゃないっすか……」

「誘拐？　監禁？　なにを言っているのですか？　アレはただの『提案』です。宮間快人の意思が最優先に決まっているでしょう？」

「……全然そうは聞こえなかったんすけど？」

「貴女に向けた言葉ではないのですから、貴女が意味を理解する必要はありません」

「……カイトさん、私、こいつ、嫌い」

どうやらエデンさんにとって、先ほど言っていた世界を造るだの、空気を造るだのは、あくまで提案らしく、俺が了承しなければ実行はしないらしい……なんかホッとした。

とりあえず口元を引きつらせ、いまにも殴りかかりそうなアリスをなだめつつ、エデンさんの方を見る……あれ？　いま一瞬目が『灰色に変わった』ような？　気のせいかな？

＊＊＊＊

苛立った表情を浮かべるアリス、呆れたような顔をしているクロムエイナ、そして戸惑いつつもアリスを窘めている快人。その光景を見つめるエデンの表情は真顔だったが、内心はまったく違っていた。

（……アリシアに嫌いって言われた……アリシアに嫌いって言われた……）

実は先ほど快人がエデンの瞳の色が変わったと感じたのは、見間違いではない。先ほどの一瞬、確かにエデンの瞳の色は変わっていた。

その理由は単純である。エデンを動かしている真なる神……マキナが、先ほどアリスが告げた言葉にすさまじいショックを受け、思わず一瞬、端末であるエデンとの接続が切れてしまったからだった。

（どうしよう……こんなつもりじゃなかったのになぁ）

そもそも、今回彼女がこの場を訪れたのは以前アリスに伝えられなかったこと……自分の正体が、マキナであると伝えるためだった。しかし、彼女にとって誤算だったのは、想像していた以上に前回の戦いのせいでアリスから敵意を抱かれていたことだった。

最初に訪れた時の辛辣な言葉に思わず気圧されてしまい、それからはどう答えればこれ以上アリスとの関係が悪化しないだろうかと言葉を考えているうちに、アリスの方が無視されたと感じて、より険悪になるという悪循環に陥っていた。

（うぅ、困ったなぁ。なんで上手くいかないんだろう……いや、途中で我が子のあまりの可愛さに脱線しちゃった私にも責任はあるんだけど……いや、でもあれは仕方ないんだよ。我が子可愛いし、甘やかしたいし、ペロペロしたいし、いやむしろあんなに可愛い我が子を前にして冷静でいる方が失礼なわけだし、それに関してはもう不可抗力って思っておこう）

極端な話をすれば、いますぐ彼女が本来の性格と口調でアリスに事情を説明すれば、それこそ簡単に誤解は解ける。しかし、いくつかの理由からソレはできない。

まずこの場にはアリスだけがいるわけではなく、クロムエイナや彼女が我が子と呼ぶ快人も存在しており、その前で素の性格を出すのは、マキナとしては神の威厳的な面でＮＧである。

そしてもうひとつ、そもそも彼女はアリスを助けるために、シャローヴァナルを半ば騙すような形で自身がこちらの世界に来ることを了承させた。対等な関係で様々な契約を結んでいるシャローヴァナルにそれを悟られてしまうこと……今後の交渉の面で弱みができてしまうことは避けたい。となれば、シャローヴァナルに自分とアリスの関係を悟られないようにする必要があるが、それもなかなか難しい。

アリスとふたりきりの状態であるならともかく、快人もいるこの場は確実にシャローヴァナルも神界から見ている。全知全能たるマキナの力をもってすれば、シャローヴァナルが見ることができないようにすることもできるが、それではなにか後ろめたいことがありますと宣言しているようなものだ。

なのでマキナにとっては、快人のいない状態でアリスとふたりきりになるか、それとなくアリスに気付いてもらうという形が理想である。

しかしこうして敵意を抱かれている現状では、警戒心の強いアリスは決して自分とふたりきりにはなってくれないだろう。そうなるとエデンとしての姿のままで、最低限はアリスとの関係を改善させる必要がある。

とまぁ、マキナはそんな風に考えていたのだが……結果としてはこの様である。

「……おっけ～上等ですよ。ちょっとこの前の続き、やろうじゃないっすか……」

言葉に迷っていたエデンを見て、アリスはまた無視されたと認識したのか、額に青筋を浮かべながらそう告げる。

（あぅぅ、困った。いったいどうすれば……できれば、アリシア相手に全知とかズルはしたくないんだけど、もう、使っちゃおうかな？）

最悪全知を使って、己がどう行動すべきかを調べようとも考えたマキナだったが、思わぬところから援護が飛んできた。

「あ、アリス、落ち着いてくれ。エデンさんも、できればアリスを挑発するような態度はやめてください」

「承知しました」

快人の言葉に即答する。彼女にとって望まないまま、二度目のバトルが勃発しそうだったが、快人の一言で神としての威厳を崩さないままで矛を収めることができた。

「……う～ん。これ、カイトくんに任せて大丈夫かな？　カイトくんの言うことは聞くみたいだし……ボク、六王祭の準備途中で来ちゃったから……戻っていいかな?」

「え? ああ、わかった。ありがとう、クロ」

「ううん。『会話は聞こえてるから』……またなにかあったら来るね～!」

「ちょっ、なんかいま、聞き捨てならない内容が……」

「じゃあね～」

「ちょっ、クロっ⁉」

快人が仲裁に入り、エデンがそれに素直に従ったことで、クロムエイナも少し安心した様子を浮かべ、この場から去っていった。

ソレを見送ったあとで、快人はエデンとアリスの方を向き、やや遠慮気味に口を開く。

「……エデンさん、俺はできれば、エデンさんにアリスと仲よくしてもらいたいと思っているんですが……駄目ですか?」

(我が子ぉぉぉ⁉ ありがとう! 凄いよ、最高のアシストだよ‼ 我が子がそうやって提案してくれれば、私も違和感なくそれに応じることができるよ! やっぱり我が子は、母の味方なんだね!)

そう、ここまでの会話でエデンが我が子と呼ぶ快人を特別扱いしているのは、アリスにもしっかりと伝わっているはずだ。となれば、そんな快人の願いを聞き入れるという自然な形で、アリスとの関係を改善させることができる。

「先だっての無礼を詫びましょう。改めて、自己紹介をさせていただきます。私の名はエデン。よろしくお願いします。アリス」

「……なんすか、その高速の掌返しは……ですが、いまさらそんなこと言っても、私は……うん？」

急に態度を変えたエデンを見て、胡散臭そうな表情を浮かべるアリスだったが、もうこの展開になってしまえばエデンの……マキナのものである。

そもそも、異世界の神である己がアリスと仲よくしようとする理由作りに苦戦していただけで、快人の願いという大義名分さえ得てしまえばその先は問題ない。

なぜなら、彼女はもともとアリスの……アリシアの親友だったのだ。

「お近付きの印です」

そう言ってエデンは巨大な麻袋を取り出して、カウンターの上に置いた。中身はもちろん、この世界の神たるシャローヴァナルの許可を得て創り出したこの世界のお金……大量の白金貨である。

受け取ったアリスは麻袋を覗き込み、一瞬驚愕したような表情を浮かべたあとで満面の笑みを浮かべた。

「この世界でわからないことがあれば、なんでも聞いてください。いくらでも手助けしますよ！」

「ありがとうございます」

「……」

その光景を見ていた快人は、なんとも言えない微妙な表情を浮かべていた。

＊＊＊＊

うん、まぁ、なんというかアリスのやつ……アッサリと買収されやがった⁉　なんだ、このコント……どっちも掌返しまくりじゃないか⁉

よっぽどたくさんお金が入っていたんだろう。アリスは先ほどまでのことは忘れたといわんばかりに友好的になっている……エデンさん、なんて恐ろしい方だ。アリスの弱点を一瞬で見抜くとは……。

「ああ、そうです……愛しい我が子にはこれを……」

「……え？」

目の前で繰り広げられる奇妙な光景に茫然としていると、エデンさんが俺の方を向いて微笑み、純白の翼から羽を一枚取って、俺に手渡してきた。

あれ？　なんだろう、また寒気が……。

「こ、これは？」

「『私の一部』です」

怖い言い方やめてもらえませんかね⁉　もうちょっとほかに言い方あるだろう‼

「愛しい我が子よ。私はいつでも貴方の味方です。それはその証……あぁ、足りないと言うのでしょう？　わかっています。叶うのなら、いまこの場で、貴方に私のすべてをあますとこなく味わせてあげたい。でも、また横槍が入っては、我が子も嫌でしょう？　大丈夫、安心してください。ちゃんと、また『会いに来ます』……母は、いつでも見ています。貴方の選択のすべてを肯定します。そう、そうです。愛しい我が子は自由であるべき、そうなのです。もちろん、私は尽きることなく貴方に愛を注いであげます。そう、そうです！　愛しい我が子がなにかに縛られるなど、あってはいけない……重力も、太陽も、すべて、すべてが愛しい我が子のために動くべき……そうです、それが……」

「エデンさん！　ストップ、ストォォォップ‼」

「……失礼しました。また少し興奮しました。もう大丈夫ですよ。宮間快人」

うん、ちょっとだけわかってきた。エデンさんが俺を「宮間快人」とか「我が子」と呼んでいる時は、スイッチがＯＦＦの状態で……「愛しい」って付き始めたら、危険信号だ。ちゃんと覚えた。

再び冷静に戻ったエデンさんは、俺の耳に口を寄せ……小さな声で、俺が持つ羽根の効力を説明してから、踵を返し……去っていこうとして、途中で止まった。

「……失念していました。折角、我が子が店番をしているのです。このまま去るのは駄目ですね……アリス、適当に商品を見繕ってください。すべて買いましょう」

「なぬっ⁉　任せてください‼」

「……」

エデンさんがそう告げると、アリスは一瞬で姿を消し、山ほどの商品を抱えて戻ってきた。

そしてエデンさんはソレをロクに確認することなく、先ほどよりも二回りほど大きい布袋を取り出し、アリスに手渡す。

「釣りは不要です」

「……貴女が神でしたか……」

「その通りですが？　では、私はこの世界の観光を続けます……また会いましょう。宮間快人」

「あ、はい。さようなら」

「ありがとうございました！　またのご来店をお待ちしています‼」

「……アリス」

仮面を着けていてもわかるほどホクホク顔のアリスは、明るい声と共に、去っていくエデンさんに頭を下げた。コイツ、本当にわかりやすい性格してるよなぁ……。

それに比べてエデンさんは……いや、俺に対する愛情は恐ろしいほど伝わって来たんだけど……なんか変わった方だ。

シロさんを超平等主義者とするなら、エデンさんは超偏愛主義者ってところなんだろうか……。なんかこう、世界を造った神は皆、自分の造った世界に対し、変な愛情表現をする方ばかりなんじゃないかと思えてきた。

けど、この羽は正直……使い時なんて来るんだろうか？　先ほどの説明を聞く限り……明らかに危険すぎる気がする。


エデンさんが帰ったあと、アリスと再びのんびり店番をして過ごす。

「ふへへ……白金貨が一枚、二枚……たくさん……ふへ――ふぎゃっ⁉」

「お前なぁ……」

「いいじゃないっすか、久々の売り上げですよ。これだけあれば……二百回はギャンブルで『負けられます』ね――ぎゃぅっ⁉」

「なんでワザと負けようとするかなぁ……」

エデンさんからもらった大量の白金貨を、非常に悪い顔で数えてニヤニヤしていたアリスをぶん殴る。

あともう別にワザと負ける必要ないのに、ワザと負ける勘定しているのが……なんというか、やっぱりアリスはアリスだなぁって感じだ。

「……あっ、そう言えば忘れてました。カイトさんに渡すものがあったんです」

「渡すもの？」

「ええ……えっと、確かこの辺に……あっ、ありました！」

「……なにこのお金？」

俺に渡すものがあると言って、金貨がたくさん入った布袋を渡してくる。

しかし俺の方はなんでこれを渡されているのかわからない……というか、アリスからお金を渡されるという異常事態に、頭がついていかない。

そんな俺の表情を見て、アリスはニコッと笑いながら説明をする。

「ほら、前にカイトさんのアイディアをもらって作った布団……あれ滅茶苦茶売れてましてね。いや、まぁ、相変わらずうちには客来ないんすけど……クロさんのところでは、製造が追いつかないぐらいらしいです。で、それは儲けの二割ですね」

「ふむ……う～ん。これ以上お金あっても仕方ないんだけどなぁ……」

「カイトさんも、贅沢覚えた方がいいっすよ～アリスちゃんにご飯を奢るとか、アリスちゃんに服を買ってあげるとか、アリスちゃんにアクセサリーを買ってあげるとか……そんな感じで！」

「全部却下」

「そこ、もうちょっと悩んでもいいんじゃないっすか⁉」

ふざけながら話すアリスに突っ込みを入れる。なんだか、いつものやり取りって感じで、不思議と楽しくなってくる。

それはアリスも同じだったみたいで、俺とアリスは顔を見合わせて笑い合う。

「あはは、やっぱ、この感じですね。でも、わりと久々な気もします」

「アリスの様子がちょっとおかしかったからな」

「あ～そこは、すみません。でも、ほら、私もニューアリスちゃんになって成長してるんですよ？」

「ふむ、具体的には？」

「あの馬鹿神に殴りかかりませんでした」

「……う、う～ん」

なんとも微妙な成長である。というか、その、ニューアリスちゃんとやらになってなかったら、殴ってたのか……。

俺が微妙な顔をしていると、アリスはもう一度クスッと笑ったあと、軽く指を鳴らす。

すると雑貨屋の扉に鍵がかかる音が聞こえ、次に看板が「開店」から「閉店」に変わったのか、扉になにか当たる音が聞こえた。

そしてアリスは、仮面を外して素顔になり、少し恥ずかしそうに頬を染めながら口を開く。

「……まぁ、冗談はさておき……ちょっと前までの私なら、あの神ともっと険悪になってたと思います。カイトさんを守らなきゃって……いまこうして、落ち着いてみるとよくわかります。私、焦ってたんでしょうね」

「……いまは、違うんだろ？」

「……はい。カイトさんを守るって気持ちには、変わりはありませんけど……少しだけ、変わりました」

そう言いながら、アリスはそっと俺の手に自分の手を重ね、いわゆる恋人繋ぎの状態にしてから、言葉を続ける。

「……いまは、自分を追い込むのはやめにしました。私は『カイトさんと一緒にいるこの幸せを守りたい』……ってことは、ちゃんと自分のことも守らなくちゃいけませんからね」

「……うん。そうだな……」

「まぁ、でも、カイトさんも知っての通り……私は馬鹿なので、カイトさんにもいっぱい助けてもらうことになりそうです」

「ああ、俺も……力って面じゃ無理だと思うけど、アリスの心をしっかり支えてあげたい。アリスが俺といて、幸せだって感じる気持ちを守っていきたい」

アリスの決意を聞き、俺は強く手を握り返しながら自分の想いを伝える。

するとアリスは、なにも言わずにゆっくりと俺にもたれかかってくる。

繋いだ手と肩から感じる優しい温もり。俺もなにも言わずにじんわりと心の奥から広がるような幸せに身を預ける。

始まりの出会いは、俺にとっては偶然で、アリスにとっては作為的。訪れた雑貨屋で初めて見た猫の着ぐるみのインパクトは、いまでもはっきり記憶に残っている。

いま思い返してみれば、それは俺に強く印象付けようとする目論見もあったのかもしれない。

実際俺は、そのあともアリスの雑貨屋を訪れ、彼女と友人のような関係を築いた。

馬鹿な言動に何度も呆れさせられ、計画性のない行動に説教をしたりもした。けど、よくよく考えてみれば、俺がこの世界に来てから、まったく取り繕うことなく自然体で会話をしたのは、クロに続いてアリスがふたり目。

だからだろうか？　アリスとしては、そこで俺との関係を絶つつもりだった誘拐……そしてアリスの裏切りに対しても、憤慨するよりも「ああ、この子に裏切られたのなら」と、許してしまう気持ちの方が大きかった。

それはもう、あの時には……アリスという存在は、俺にとって、とても大切なものだったんだろう。

アリスが幻王であるとわかってからも、俺のアリスに対する思いは変わらなかった……いや、変えるつもりもなかった。

俺にとってアリスは、六王の一角というより……やっぱり、大事な友だちという印象が強かったから……。

そんなアリスと恋人同士になるとは、少なくともその時は欠片も予想していなかった。くだらない軽口を叩きあい、苦笑しあうような関係のまま、ずっと続くのだと思っていた……いや、思い込もうとしていたのかもしれない。

アリスのことをいつからか女の子と意識していて、何気ないしぐさを可愛いと思ったのも一度や二度じゃなかった。

それに気付かないふりをしていたのは、恋人同士という関係に変わることで……いままでのような気安い間柄が変わってしまうんじゃないかって、アリスだけじゃなく俺も無意識に思っていたからだろう。

だけど、それは、結局杞憂で、よりいい方向に変化したと思う。いまもこうして軽口を叩きあい、そして苦笑しあって……そこに愛情が加わったことで、そのひとつひとつをより幸せに感じるようになった。

きっと、これからもそうだろう。気楽な友人であり、愛しい恋人であり……守ったり、守られたりしながら、一緒に歩いていく。

それは考えるまでもなく幸せなこと……だからこそ、俺もしっかりがんばって、アリスの心を守ってあげよう。

この幸せな関係が……いつまでも続くように……。

「……カイトさん」

「うん？」

「呼んだだけです」

「……なんだそれ」

「ふふふ」

「ははは」

「……カイトさん」

「……うん？」

「……ずっと一緒にいてください。私をひとりにしないでください」

「大丈夫。ひとりになんかしない。約束する」

「はい」

「……」

「……カイトさん」

「今度はなんだ？」

「……大好きです」

「……俺もだよ」

第三章　貴方に捧ぐ想いの花

数日間アリスの家に泊まり、光の月二十七日目に俺はリリアさんの屋敷に戻ってきた。

結構久しぶりって気もするが、やっぱりなんか……帰ってきたって感じだ。

ホッとするような気持ちを味わいつつ、屋敷の玄関の扉が……なぜか勢いよく開かれた。

「あれ？　ルナマリアさん？」

「こ、これはミヤマ様⁉　お、お帰りなさい……ちょ、丁度いいところに！」

「……へ？」

「た、助けてください‼」

飛び出してきたルナマリアさんは、もの凄く慌てているようで、悲痛な表情で助けてくれと告げ、俺の後ろに回り込んで隠れる。

いったいなにがあったのかと戸惑っていると、直後に屋敷全体が揺れるような怒声が響く。

「ルナぁぁぁぁ‼」

「ひぃっ⁉」

「なっ⁉」

空気が震えるようなリリアさんの大声はすさまじい迫力で、名前を呼ばれたわけでもない俺までビクッとしてしまう。

そして屋敷の扉から地獄の鬼もかくやというような形相で、怒りのオーラを纏ったリリアさんが現れた。

い、いったいなにをしたんだルナマリアさん⁉　リリアさんが修羅になってる……こ、怖すぎる。

「『あの部屋』には入るなと何度言えば……いえ、そもそも、入っただけならまだしも……よくも、あんなことを！」

「お、落ち着いてください、お、お嬢様……じ、事故です！　事故なんです‼」

なんだ？　あの部屋？　入っただけならまだしも？　本当になにをしたんだ？　いったいどうすれば、あの優しいリリアさんがここまで激昂するんだろう？

「よくも！　私の『テンペストドラゴンの模型』を壊しましたね‼」

「も、申しわけありません⁉　ワザとではないんです‼」

「……へ？」

え？　なに？　なんて言った、いま？　ドラゴンの……模型？

「今日という今日は許しませ……ん……よ？」

「……え、え～と……」

リリアさんは怒りのままにこちらに近付いて来ていたが、途中で俺の存在に気付いたのか硬直した。

大変気まずい沈黙が俺とリリアさんの間に流れ、リリアさんの顔に大量の汗が流れ始める。

「……カ、カイトさん？　い、いつ、お帰りに？」

「え、えっと……ついさっきです。それで、その、ドラゴンの模型というのはいったい……」

「あっ、い、いえ、な、なんのことでしょう？　ド、ドラゴンの模型？　ちょ、ちょっと、すぐには、心当たりがありませんね⁉」

「……」

……リリアさん、誤魔化すのが下手すぎる。視線が左右に高速移動してるじゃないか……嘘つけない人だなぁ……。

し、しかし、リリアさんがドラゴン好きというのは知っていたが、まさか模型も持っていたとは……けど、俺は半年近く屋敷で生活してきたけど、そんなもの一度も見たことがないような。

「……お嬢様の趣味です」

「ルナッ⁉」

「え？　リリアさんって、これといった趣味はないって……」

「ええ、本人としては隠しているつもりらしいです……」

「ま、待ちなさい、ルナ。なにを言うつもり……」

俺の疑問にルナマリアさんが答えると、リリアさんは目に見えて動揺し始める。

「……お嬢様の執務室の隣には『隠し部屋』がありまして……そこに、こっそり、ドラゴンの模型や鱗をコレクションしています」

「……ルナ。命令です。ただちに黙りなさい……へし折りますよ」

「ひぃっ⁉」

へし折るって、なにを？　いや、深く詮索はしないでおこう……恐ろしいから。

「り、リリアさんに、そんな趣味があったんですね……」

「え？　あ、ち、違うんです、カイトさん⁉　あ、あくまで、ほんの少し……数点だけ集めた程度で……」

「……ちなみに昨日までの時点でコレクションの数は『三百点』です」

「……ルナ、本当に黙りなさい。それ以上余計なことを言ったら、体のサイズが半分になるまで押しつぶしますよ」

「……りょ、了解しました！　以後発言しません！」

とんでもなくドスの利いた声で告げるリリアさんを見て、ルナマリアさんは完全に俺の背中に隠れて沈黙した。

さすがのルナマリアさんでも、いまのリリアさんに逆らうことはできないらしい。

し、しかし、このままじゃちょっといたたまれない……なにか、フォローを……。

「い、いいんじゃないですかね？　そういう趣味が持てるってことは、それだけ余裕があるってことですし……」

「そ、そうでしょうか？　その……げ、幻滅したりしませんか？」

「え？　なぜですか？」

「いえ、その、しゅ、淑女らしくない趣味なので……」

ああ、なるほど、女性らしさを気にして隠してたのか……別に気にすることないと思うんだけどなぁ。

　頬を染め、チラチラとこちらの様子をうかがってくるリリアさんを見て、俺は肩の力を抜いて微笑みを浮かべてから口を開く。

「そんなことないですよ。趣味なんて人ぞれぞれなんですから、なにも恥ずかしがることなんてないです。それに、俺もドラゴンはカッコいいと思いますよ」

「そ、そうですか……か、カイトさんがそう言ってくださるなら……安心しました」

　リリアさん、可愛い。ホッと胸を撫で下ろす仕草がとにかく可愛い。本当にこの人は、いい意味で年上らしくないというか、普段のしっかりしている姿とこういう姿のギャップが魅力だと思う。

　そこでふと、ランダムボックスで手に入れたドラゴンの模型のことを思い出した。アリスの情報では、リリアさんが欲しがってたものらしいし、丁度いいタイミングだからここで……。

「そ、そういえば、リリアさん。こんなものを手に入れたんですけど……」

「……え？　なっ⁉　そ、それは、まさか……ランダムボックス初期ロット限定のエンシェントグラウンドドラゴンの模型⁉　ど、どこで手に入れたんですか⁉　教えてください！　お願いします‼」

　なんか予想を遥かに超える勢いで喰いついてきた⁉

「お、落ち着いてください……アリスの店で、たまたま手に入れたんですが……よろしければ、差し上げますよ」

「え？　えぇぇぇ⁉　い、いいんですか？　ほ、本当に？　だ、だってこれは、初期ロット限定で、もう手に入らない貴重な……」

「ええ、俺が持っていても仕方ないので……大事な恋人にプレゼントということで」

「……カ、カイトさん……」

微笑みながら告げると、リリアさんは感極まったように目に涙を浮かべ、震える手でその模型を受け取る……リアクション大袈裟すぎませんかね⁉

そして、受け取った模型を大切そうに胸の前で抱き締め、幸せそうな笑みを浮かべてくれた。

その愛らしい姿に見惚れつつ、リリアさんが喜んでくれて、俺自身も嬉しさがこみあげてくる。

するとそのタイミングで、背中から小さな声が聞こえてきた。

「さ、さすがはミヤマ様……怒り狂ったお嬢様をこうもアッサリ……このルナマリア、感服しました」

……別にお前のためにやったわけじゃねぇよ、駄メイド。

リリアさんが喜んでくれたのはよかったけど……隠し部屋に侵入して、事故とはいえリリアさんの大事な模型を壊したルナマリアさんを、このまま無罪放免というのも納得できない。

うん、ほら、リリアさん俺の恋人だし……優先するなら当然そっちだよね。

そんなことを考えつつ、俺は視線を動かし……大きく息を吸い込んで声を出す。

「ベル～！　ルナマリアさんが遊んでくれるらしいから！　思いっきり遊んでもらうといいよ‼」

「……へ？　え？　ミ、ミヤマ様⁉　な、なにを……」

「ガルァァァァ！」

「へぁっ⁉　ま、待って……な、なんで普段全然懐いてない癖に、そんな全力疾走でこっちに……あっ、そうか、ミヤマ様が指示を出したから……あっ、あぁ……みぎゃぁぁぁぁ⁉」

指示を出すと同時に、俺は素早くルナマリアさんから離れる。

状況についていけていないルナマリアさんは、猛烈なスピードで向かってくるベルを見て、顔を青くして逃げ出した。

「ベル……そのまま、二時間ぐらい追いかけっこしておいで～」

「ガゥ！」

「み、ミヤマ様⁉　そ、そんなご無体な……ど、どうか慈悲を……って、うぉぉぉ早ぁぁぁぁ⁉」

必死の形相で逃げるルナマリアさんだが、ベルにはちゃんと遊ぶようにって指示を出してる。ベルは賢い子だから、ちゃんと加減をしてくれる。

つまり、ぎりぎりルナマリアさんが逃げられる、適度な速度で追い続けてくれるだろう。

叫びながらこちらにＳＯＳを送るルナマリアさんだが、完全に自業自得なので無視をして、いまだに幸せそうな顔をしているリリアさんを連れて屋敷の中に入った。

帰って早々ルナマリアさんのお陰で疲れることになったが、そのあとはリリアさんにいろいろな報告……エデンさんの正体が、俺のいた世界の神であることなどをしっかり伝えておいた。

これで、エデンさんの正体を言ってなくてリリアさんに怒られるというのは防げるだろう……ようやく俺も学習したな。

まぁ、そんなこんなで時間も夜になり、俺は自分の部屋に戻ってきたわけだが……。

「……うぅ……疲れたぁ……」

俺の部屋のベッドには、クロがまるでこのベッドは自分のものだといった感じで寝転がっていた。

その光景にも驚いたが、なによりも珍しいのはクロが本当に疲れているように見えること……クロは言うまでもなく圧倒的な力を持つ存在で、体力もそれに比例して化け物級のはず。

少なくとも俺は、クロが目に見えて疲れているのは初めて見た。

「……クロ？　大丈夫か？」

「うぅ～カイトくん～もう、久しぶりにくたくただよ。六王祭の準備も忙しいし、なにより地球神……カイトくんの世界の神ね。アイツ、本気で強いから質悪いよ」

「あ、あぁ……エデンさんの件の疲れか……」

「……うん。本当にもう、あの神は……観光してくるって言ったかと思ったら、即座にカイトくんのところに行ってたし……それで、カイトくんを困らせるなって叱ったのに……舌の根も乾かないうちに、また変なことしてたし……」

どうやらクロの疲労の大部分は、エデンさんが原因らしい。

まぁ、確かにエデンさんはシロさんに匹敵する力を持っているって話だし、それほどの相手と喧嘩すると、さすがのクロでも疲弊してしまうようだ。

それだけならまだいいのかもしれないが、クロはさらに六王祭の準備の統括までしている。そうなると、本当に行ったり来たり……大変なんだろうなぁ。

「……そっか、お疲れ様」

「う～カイトくん。『癒して』」

「……」

おっと、労いの言葉をかけたら、とんでもないキラーパスが返ってきたぞ？　癒してくれ？　なにその抽象的な要求……ハードル高すぎやしませんかねぇ？

あ～でも、疲れているクロの期待に応えてあげたいって気持ちは勿論あるし、えっと、え～と……癒す。癒すかぁ……。

期待を込めた瞳でこちらを見るクロを横目に見ながら、俺はしばらく考えたあと……特にこれといった方法も浮かばなかったので、誤魔化しとして両手を広げて微笑んでみる。

俺にとっては苦肉の策であったが、クロは目をキラキラと輝かせ、弾かれるように俺の胸に飛び込んできた。

「ふぁぁぁ……カイトくん、あったかい～」

「う、うん。本当に大変だったよな……えっと、よしよし」

「ふみゅぅ……はぁ～もっと撫でて」

「はいはい」

俺の胸に頬を擦りつけながら、蕩けたような表情で抱きついてくるクロの頭を、できるだけ優しく撫でる。

サラサラとした手触りのいい銀髪を撫でつつ、甘えてくるクロを見て心が温かくなってくる気がした。

大人っぽく抱擁力があるのもクロの魅力だけど、こうして子供っぽく甘えてくれたりするところも、それと同じぐらい魅力的だと思う。

すっぽりと腕の中に収まる温もりを抱きながら、しばし俺はこの幸せなひと時を満喫した。

しばらく頭を撫で続け、クロが満足したところで雑談を始める。

まぁ、クロは満足したとは言っても「カイトくん成分を補給中なんだよ！」とか言って、俺の腕の中に収まったままだけど……。

「そういえばさ、クロ……」

「な～に～？」

「いままで聞こうと思って聞けてなかったんだけど……記念品は、いったい……」

「うん？」

頭に思い浮かんだのは、六王祭の時に渡されるであろう記念品について。

確か、最新式の魔導船だったかな？　聞くだけでとんでもない代物だ。

いや、まぁ、六王全員とんでもないものを用意してるけど……シンフォニア王国の王都近くに海はないし、もらっても完璧に持て余しそうな船を記念品にするというクロに、折角なので意図を聞いてみることにした。

「なんで、また、船なんか……仮にもらっても、置くところなんて……」

「ちなみに魔導船は、『この屋敷より大きいサイズ』だから！」

「……」

リリアさんの屋敷よりでかい船？　貿易業でもやれってか？

「でも、大丈夫だよ。ちゃんとその船が入る『マジックボックス』もつけるから」

「……あぁ、そういえば収納可能なマジックボックス付きって書いてあったな」

「うん、実はシロに、魔力容量が桁違いに多い魔水晶を創造してもらってね……それに、ボクが『全力の魔力』で術式刻んだマジックボックスを用意してるから！」

困惑する俺の前で、可愛らしいドヤ顔を決めるクロだが……え？　クロが全力で作ったマジックボックス？　それ、明らかにヤバいやつだよね？

「……ち、ちなみに、そのマジックボックスの容量は？」

「う～ん。確かめてないからアレだけど……『島の三つや四つ』入るんじゃないかなぁ？」

「いやいや、おかしい⁉　なにそのふざけた容量⁉」

「マグナウェルもすっぽり入るぐらいだよ‼」

「でかすぎるわ⁉」

島が三つや四つ入るって、なにその化け物容量……いま使ってるマジックボックスでさえ、半分以上は余ってるのに、そのうえさらに桁違いのマジックボックスとか……。

しかも、俺のマジックボックスの中を占めているのは、ほとんどマグナウェルさんが会うたびにくれる鱗だし……絶対持て余す。

それぐらい、クロも知ってると思うんだけど……なんで、そんな異常なサイズのマジックボックスを……。

——むぅ～カイトくんのマジックボックスは、ボクが作ってあげようと思ってたのに～

まさか……そういうことなのか？　まさか……そのために？

「……クロ、もしかしてなんだけど……前のバーベキューの時のこと、根に持ってるんじゃない？　だからワザと、俺がいま持ってるマジックボックスに入らないサイズの船を……」

「……な、なんのことかな～？」

「こっち見て話そうか？」

なぜ船を贈ろうとしていたのか……その実態は……実は船の方はおまけで、マジックボックスを贈りたいだけだった⁉

だったら別に最初っからマジックボックスでよかったんじゃ……いや、普通のマジックボックスはそこまで高級品というわけじゃない。いくら実際はすさまじい性能とはいえ、招待状にマジックボックスと書くのは面子的な問題があるのかもしれない。

「……だって……カイトくんに、ボクの作ったマジックボックス……使ってもらいたかったんだもん」

「うぐっ……」

「……嫌だった？」

え？　ここでそんなしおらしい顔しちゃうの⁉　そんな顔されると、文句なんて言えないんだけど……。

「いや、クロがマジックボックスを作ってくれたのは嬉しい！　うん、もらったら絶対そっちをメインに使う！」

「ほんと⁉」

「あ、あぁ、そりゃ、可愛い彼女が作ってくれたものを嫌がるわけがないじゃないか……」

「か、可愛い彼女……えへへ、嬉しい」

くっそ可愛い。もう、船がどうとか、どうでもよくなった。

とにかくクロが愛らしいので、甘えてくるクロを強く抱きとめ……先のことは忘れて、たっぷりいちゃつくことにした。

＊＊＊＊

光の月二十九日目。たまにはのんびりするのもいいかと思い、俺は自分の部屋で読書にいそしんでいた。

ちなみに現在読んでいる本は、クロ作『まるごと食べ歩きガイド～シンフォニア王国屋台編～』だ。

どうもこの食べ歩きガイドは、シンフォニア王国だけでもかなりの冊数があるみたいで、順番に読んでいる。

当然俺の知らない店もいっぱいのっており、クロの主観入りまくりの感想や評価が面白い。行ってみたい店に目星をつけておいて、今度食べに行ってみよう。

そんなことを考えながらのんびりしていると、部屋の扉がノックされた。

「はい？　開いてますよ」

「失礼します」

「……ルナマリアさん？」

入っても構わないと返答すると、扉が開きルナマリアさんが紅茶のポットが載ったカートを押しながら入ってきた。

紅茶持ってきてくれたんだろうか？　珍しい……。

「お嬢様が、よい茶葉が手に入ったので皆さんにもと……淹れても構いませんか？」

「あっ、そうなんですね。ありがとうございます。じゃあ、お願いします」

「畏まりました」

紅茶のお裾わけを持ってきてくれたルナマリアさんは、俺がお願いすると慣れた手つきで紅茶を淹れる。

う～ん。ルナマリアさんって、仕事してる姿は本当にできる女って感じなんだけどなぁ……悪ふざけが入ると、途端に駄メイドになる困った方だ。

まぁ、それでもいざという時は頼りになったりするし、仕事も真面目そのもので、悪いところばかりではない。

「……どうぞ」

「ありがとうございます……うん、美味しいです」

「お口に合ったようならなによりです。ミヤマ様は読書ちゅ……え？」

「うん？」

紅茶の感想を告げる俺に微笑みかけたあと、ルナマリアさんは軽く雑談をするように口を開き
……テーブルに置かれた本を見て硬直した。

「ミ、ミヤ、ミヤマ様⁉　そ、そそ、それは、まさか……冥王様の……『まるごと食べ歩きガイド』では⁉」

「え？　えぇ、そうですよ。知ってるんですか？」

「勿論です‼」

「うぉっ⁉」

もの凄い勢いで喰いついてきたルナマリアさん……あ～そういえば、ルナマリアさんってクロの狂信者だったな。なるほど、アリスが言っていた冥王愛好会のメンバーなら、喉から手が出るほど欲しいってのは本当らしい。

「わ、私、実物は初めて見ました……こ、これが、伝説の……」

「……は、はぁ」

「私も名誉ある冥王愛好会の『七桁ナンバー』として、一度は見てみたいと思っていました！」

「め、冥王愛好会って、そんなに人数いるんですか……」

冥王愛好会のメンバーってどれだけいるんだ？　ルナマリアさんが七桁ナンバーってことは、最

低でも百万人はいるの？　マジで？

　ちなみに話しながらも、ルナマリアさんの視線は本から離れない。凝視である。

「……あの、よかったら、読みますか？」

「よろしいのですか⁉」

「ひっ……え、ええ、どの巻がいいですか？」

「どの巻？　も、もしや、ミヤマ様は……『まるごと食べ歩きガイド』を、複数所持していらっしゃるのですか？」

「あ、はい……全巻あります」

「全巻⁉」

　クロはこの本を俺にくれる時、全巻セットと言っていたので、たぶん全巻揃っていると思う。

　そのことを伝えると、ルナマリアさんは目を大きく見開く。

「……ま、まさか、全巻所持とは……さ、さすが、ミヤマ様です。噂では会長しか全巻所持はしていないと、最終面接の際に会長から聞いていたのに……」

「最終面接？　え？　冥王愛好会って、入るのに試験があるんですか？」

「ええ、筆記、適性、実技の三試験に、面接が三種ですね」

「なにそれ怖い」

　どういう組織なんだ冥王愛好会⁉　筆記？　実技？　なにそれ？

「……ちなみに、参考までに……どんな試験があるんですか？」

「筆記は一般教養や魔法学等複数の内からランダムに五百問です。ただ、毎年必ず百問は『メイド学』というものがあります」

「……あ～なるほど……」

そう言えばそうだった。冥王愛好会の会長は、あの化け物メイド……うん、なんか滅茶苦茶な試験とかも、アインさんだと思えば納得できる不思議。

「ま、まぁ、それは置いておいて……ミ、ミヤマ様？　ほ、本当に、読ませていただいてよろしいのですか？」

「ええ、クロからは自由にしていいって言われてますし……何冊か貸しましょうか？」

「……ミヤマ様、貴方が私の救世主《メシア》でしたか……」

「違います」

ルナマリアさんのテンションがおかしなことになりかけていたので、黙らせる意味も込めて一冊の『まるごと食べ歩きガイド』を手渡す。

するとルナマリアさんは、即座に喰いつくように読み始めた。目が怖い……読書するような目じゃないよアレ、決戦に赴くとかそんな感じのやつだよ……。

「……あ、あぁ……なんて、素晴らしい……なんて、崇高な……」

「……」

リアクションがいちいち大袈裟すぎる。まぁ、それだけルナマリアさんにとっては貴重な本ということだろう。

実際は料理店のレポート本みたいな感じなんだけど……狂信者にとっては聖書みたいなものか。

もはや当初の目的も忘れ、俺の部屋のソファに座って読書するルナマリアさん……あの、貴女、仕事中なんじゃ？　いや、突っ込むのはやめておこう。なんか怖いし……。

そんなルナマリアさんを見ながら俺は軽く溜息を吐き、マジックボックスからクッキーを取り出す。

「……茶請けのクッキーがありますけど、ルナマリアさんもよかったらどうですか？」

「ありがとうございます！　『カイトさん』！　嬉しいです！」

「……うん？」

「あっ……」

なんかいま、変だった……ルナマリアさんの声が、いつものクールな感じじゃなくて、子供みたいに無邪気な声だった。

狙ってそうしたというよりは、まるで……ついうっかり『素が出てしまった』って感じだった。

「……」

「……」

ルナマリアさんはそのまま青ざめた顔で俺を見て、ダラダラと額に汗をかき始める。

とても気まずい沈黙が俺たちの間に流れた。

しばらくしてルナマリアさんは、本を持ったままスッと立ち上がる。心なしかその顔は赤く染まっているようにも見えた。

「……み、ミヤマ様。お、恐れ入りますが、この本をお借りしてもよろしいでしょうか？」

「あ、はい。どうぞ」

「あ、ありがとうございます。それでは！」

「え？　あっ⁉」

俺が頷くやいなや、ルナマリアさんはもの凄いスピードで部屋の外に出ていってしまった。

えっと、これは、アレだろうか……もしかして、ルナマリアさん……照れてた？　なんか凄く珍しい光景を見た気がする。


ルナマリアさんが部屋から去って数時間、のんびりと読書をしながら過ごしていると……逃げたはずのルナマリアさんが戻ってきた。

「……えっと、ルナマリアさん？」

「……ミヤマ様、こちらを」

「……なんですかコレ？」

戻ってきたルナマリアさんは掌サイズの包み紙を渡してきた。ほんのりと温かく、微かに甘い香りがする……お菓子だろうか？

なぜそれを渡されたかわからない俺が首を傾げていると、ルナマリアさんは視線を右斜め下に逸らしつつ、平静を装う感じで口を開く。

「……口止め料のようなものだとお考えください」

「口止め料？」

「先ほどの件、他言無用でお願いします」

「……わかりました」

「ありがとうございます。それでは、失礼します」

ルナマリアさん的には冷静に会話してるつもりだったんだろうが、断固として目を合わせなかった辺り、いっぱいいっぱいなのは伝わってきた。

それにしてもこの包み……ピンク色の紙に、フリフリした感じのリボン……ルナマリアさんって、結構可愛い趣味してる気がする。

なんとなく普段見ないルナマリアさんを見た気がして、自然と口元に小さく笑みが浮かぶ。

そしてもらった包みを開けてみると……中には色とりどりのマシュマロが入っていた。

……やっぱり、なんか可愛いな……これは意外な一面だ。

＊＊＊＊

光の月が終わり、暦は再び火の月に切り替わる。ちょうど一年の折り返しといったところだ。この年の後半の火の月から風の月は、前半のものと区別するために火の『二月』、風の『二月』という風に呼称するらしい。

そんなわけで、火の二月一日目、俺は自室でアルクレシア帝国から届いた手紙を読んでいた。これは、最初にラブレターらしきものを送ってきて以来、なんとなく文通が続いているクリスさんからの手紙である。

序盤はもう見慣れたとすら言える歯の浮くような愛の言葉……う〜ん、以前クロとベビーカステラ作りをした際に見たクリスさんの印象を考えると、これもたぶん受け狙いとかじゃなくてわりと真面目に書いてるっぽい。ただ、おそらくではあるが恋愛小説とかから引用しているのか、やたら芝居がかった大袈裟な言い回しが多いので、どうにもからかい半分に見えてしまう。

まぁ、その部分は置いておいてメインはその先だ。そこには打って変わって、ごくごく普通の内容……最近読んだ本の話などが書かれている。正直この本文は、真面目ながら所々に茶目っ気のある、クリスさんらしい内容。だからこそ、序盤に必ず添えてある愛の言葉がどうにもアンバランスに見えるのだが……。

それから、アルクレシア帝国の観光地についてだった。クリスさんはときどき手紙で、アルクレシア帝国の特産品や観光地などを紹介してくれる。紹介の仕方も上手いので、個人的には結構楽しみにしていたりする。

今回はアルクレシア帝国東部の町にある花をテーマにした観光地の紹介だった。いわゆるフラワーガーデン……日本で言うところの花園といった感じのものらしく、さまざまな花を見ることができるとのことだ。クリスさん的にも一押しの観光地なのでぜひ一度訪れてみて欲しいと、手紙と一緒に二枚の入場用のチケットが同封されていた。

花か……この世界に来てリグフォレシアやユグフレシスで大自然……特に森や木といったものは

多く見たが、意外と花は見ていないかもしれない。印象に残っているのはアイシスさんとの思い出が多いブルークリスタルフラワーだ。

せっかくチケットももらったんだし、誰かを誘っていくのもいいかもしれない。けど、誰を誘おうか……恋人の誰かとするなら、アイシスさんとかは花が好きそうな感じがする。逆にアリスは花より団子派かな？　あれ？　そういえば……あの人はどうだろうか？

誰と一緒にフラワーガーデンに行こうかと考えていると、とある人物が頭に思い浮かんだ。恋人というわけではないが、日頃からとてもお世話になっており、なおかつ俺の勘違いでなければ、あの人は花が好きなんじゃないかと思う。なら、日頃のお礼にちょうどいいかもしれない。

そう考えた俺は、思い立ったが吉日と椅子から立ち上がり、目的の人物を捜すために部屋の外に出た。


それほど手間はかからず目的の人を見つけることができた俺は、さっそくその人をフラワーガーデンに誘ってみた。

「……私と～ですかぁ？　それはぁ、嬉しいお誘いではありますがぁ、私でよろしいのですかぁ？　恋人のどなたかとぉ、行った方がよろしいのではぁ？」

「それも考えましたが、フラワーガーデンと聞いてイルネスさんのことが思い浮かんだので、いつもお世話になっているお礼になればと……」

「なぜぇ、私がぁ？」

「えっと、俺の勘違いだったら申しわけないんですが、イルネスさんって花が好きなんじゃないかと思って」

そう、俺が誘おうと思った相手はイルネスさんである。イルネスさんはあまり自己主張をしない方で、好みや趣味などはいまいちわかりにくい方ではある。

しかし、イルネスさんは薔薇をあしらったリボン……クロスタイだっけ？　ともかく、ほかのメイドとは違うオリジナルのリボンを付けており、メイド服のエプロンも花のような結び目にしていたり、ハンカチにも花の模様があるのを見た覚えがある。それらからイルネスさんは花……それも薔薇が好きなのではないかと思っている。

「確かにぃ、花は～好きですがぁ……本当にぃ、私と一緒でよろしいのですかぁ？」

「はい、イルネスさんが嫌でなければ」

「ありがとうございますぅ。でしたらぁ、喜んで～ご一緒させていただきますぅ」

そう言って微笑むイルネスさんを見て、自然と俺も嬉しくなって笑みを零した。

「あっ、イルネスさんの仕事の都合もあると思いますし、いつにしますか？」

「カイト様が～決めてくださってぇ、大丈夫ですよぉ」

「えっと……う～ん、例えば明後日とかでも大丈夫ですか？」

「はいぃ、大丈夫ですよぉ。お恥ずかしながらぁ、周りにはぁ、もっと休んでくれと言われますのでぇ」

そういえば、イルネスさんっていつもいる気がする。前に半休みたいな休みは取っていたが、丸一日休みとかはない気が……え？　もしかしてまったく休み取ってない？

ははは、そんなまさか……まさか……いや、イルネスさんならあり得るかも。リリアさんとかが頭抱えてそうな気がする。

「……それでは、明後日ということで」

「はいぃ。よろしくお願いしますぅ」

「こちらこそ」

とりあえず深くは考えないことにして、当日イルネスさんにいろいろ楽しんでもらえるように考えておこう。さすがにいまから花の知識を身に付けても付け焼き刃だろうし、そこ以外……クロの食べ歩きガイドで近場の飲食店に当たりを付けておいたり、そういうことをしておこう。

いろいろと当日のことを考えつつ、リリアさんにもちゃんと事前に伝えておこうと、イルネスさんと一緒に、ことの経緯を説明しに行った。

リリアさんは大賛成といった感じで「というか、お願いですから、もっと定期的に休みを取ってください」と若干呆れた表情でイルネスさんに言っており、ますますイルネスさんがまったく休んでいないという説に信憑性が出てきた。

＊＊＊＊

火の二月三日目、今日はイルネスさんとフラワーガーデンに行く日である。屋敷の前で待ち合わせをして、一度アルクレシア帝国首都に転移してから、首都内にある転移屋に向かう。

この転移屋というのは、文字通り転移魔法による空間転移を行う場所、というか一種のお店である。

転移の魔法具は言うまでもなく高級品であり、基本的に一般人が手が出せるような金額ではない。しかし、ならば一般の人は徒歩ないし馬車といった移動手段しかないのかと言えば、そうではない。いま向かっている転移屋のように、転移魔法を商売として提供している店がある。

まぁ、一回の転移にかかる費用はかなり高額で、なおかつ転移できる場所もそれほど多くはない。転移できる場所は、観光地や商業地として有名な場所ぐらいである。

今回俺とイルネスさんが行くフラワーガーデンは、アルクレシア帝国首都からはかなり距離があり、馬車などでは時間がかかりすぎるが、観光地としてはそれなりに有名な場所で転移屋で移動することが可能というわけだ。

俺が持っている魔法具は高性能ではあるが、一度足を運んだうえでその場所を記録しないと転移はできないので、一度も行ったことのない場所に移動することはできない。

「転移屋って、結構混むんですよね？」

「そうですねぇ。魔法具の～再使用時間もありますのでぇ、短時間で何度もぉ、転移できるわけではありませんからねぇ」

転移屋では複数の転移の魔法具を用意しているみたいだが、それでも一度使えば再使用にはそれなりの時間がかかる。俺の持つ魔法具の再使用時間三十分は破格の早さとのことだし、それこそ数時間に一回ぐらいが当たり前なのかもしれない。

どうにも周囲にポンポン転移魔法を使う方が多いので忘れがちになるが、転移魔法はかなり高度で難しい魔法である。

「というか……私が送りましょうか？」

「なぁ、アリス。その提案は非常にありがたいけど……もうちょっと早く言ってくれないかな……」

転移屋の前に並ぶ人たちを見て、それなりの待ち時間を覚悟した直後、背後から聞こえてきた声に溜息を吐く。確かに、アリスであれば俺とイルネスさんを目的地に転移させるのなんて朝飯前だろうけど……もっと早く言って欲しかった。せめて首都に転移してから転移屋まで歩いてる間に言って欲しかった。

たぶんというか間違いなくワザとであろう遅い提案に文句のひとつも言いたい気分ではあったが、こちらとしては願ってもない提案だけに言いにくい。

「……頼んでいいか？」

「はいはい」

グッと文句の言葉を呑み込んでアリスに頼むと、アリスは楽しげに笑ったあとでパチンと指を弾く。すると俺とイルネスさんの足元に魔法陣が現れ、景色にノイズが走るようにブレて切り替わった。

たどり着いたのは、なんというかイメージとしてはヨーロッパとかの田舎町って感じだろうか？

レンガ造りの建物が並ぶ、なんとものどかでいい雰囲気の町だった。

「では、私はこれで」

「ああ、ありがとう」

姿を消すアリスにお礼を告げたあとで、周囲を軽く見回しながら目的の場所を探す。

「カイト様ぁ、あちらに～看板がありますよぉ」

「あ、ホントですね」

さすがに有名な観光地だけあって、その辺りはしっかりしているみたいだ。イルネスさんと共に看板に従って石畳の道を移動していくと、お洒落な門のようなものが見えてきた。

チケットが存在する以上、入場ゲートみたいなものがあってしかるべきだし、おそらくアレが目的地であるフラワーガーデンだろう。かなり大きな門だ……想像していたよりずっと広い施設なのかもしれない。

チケットを提示して門の中に入ると、それは見事な光景が広がっていた。パッと見ただけで一面に広がる色とりどりの花々、自然の花畑とは違って見え方を考えた綺麗な配置で、まるで一枚の絵のように芸術的な光景だった。

「綺麗ですねぇ」

そう呟くイルネスさんを見て、思わず言葉を失った。以前一緒に出掛けた時に見た、落ち着いた雰囲気の私服に身を包み、風に揺れる髪を押さえるように軽く手を添えて立つイルネスさんは、背景の花畑も相まって見惚れてしまうほどに綺麗だった。

「……カイト様ぁ？」

「あっ、いえ、つい圧倒されて……凄いもんですね。俺、こういうフラワーガーデンには初めて来たんですが、圧倒されますね」

「かなり広いフラワーガーデンみたいですしぃ、楽しみですねぇ」

「はい。じゃ、早速行きましょうか」

イルネスさんに見惚れていたとは言えず、適当に話を切り上げて一緒に順路に従って歩き出す。

ほかの観光客もあまり多くはなく、ゆっくり回ることができそうな感じだ。

花畑の中を歩くように作られた道を進みながら、左右の花に視線を動かす。やはり花の施設というだけあって、順路には花を紹介している看板も見える。

「カイト様はぁ、なにかお好きな花はありますかぁ？」

「好きな花、ですか……俺はあまり花に詳しいわけではないのですが、ブルークリスタルフラワーは強く印象に残ってますね」

アイシスさんに出会った時にもらったブルークリスタルフラワーは、俺にとってはアイシスさんとの思い出の花と言える。だからこそ、ほかの花に比べて強く印象に残っている気がする。

「なるほどぉ。そういえば～ご存知ですかぁ？　ブルークリスタルフラワーはぁ、別名『トラベルフラワー』……旅する花ともぉ、呼ばれるんですよぉ」

「そうなんですか？　その呼び名は初めて聞きましたね」

「ブルークリスタルフラワーはぁ、かなり珍しい性質を持つ花ですぅ。根を張りますがぁ、地中から栄養を得たりぃ、光合成をすることはなく～空気中の魔力を栄養とするんですよぉ。なのでぇ、どこにでも生える可能性がある花と言えますぅ」

「ふむふむ」

確かにブルークリスタルフラワーは少し変わった雰囲気の花だ。なんというか、水晶が花になったかのような透き通った美しさも含め、独特な感じがする。

「極寒の地や～荒れ地にも～咲くことがありますがぁ、反面魔力を栄養にする法則がよくわからずぅ、とても育ちにくい花ですぅ。同じ環境に置いても～育ったりぃ、育たなかったりすることがあるみたいでぇ、安定して育てるのは不可能とも言われていますぅ」

「不思議な花なんですね」

「はいぃ。なので～昔からぁ、よく童話などに描かれることも多い花ですねぇ。その童話のひとつにぃ、ブルークリスタルフラワーは目に見えない旅人の足跡でぇ、その旅人が～訪れた場所に咲く花だという話もぉ、ありますねぇ」

「ああ、だからトラベルフラワーですか」

「その童話もひとつの切っ掛けですねぇ。あとは～特定の生息環境がなくぅ、あちこちに気まぐれに咲く花なのでぇ、花自体が旅をしているという意味でぇ、そう呼ぶこともありますねぇ」

面白い話である。どこにでも咲く可能性があるが、育てるのが難しい花……少し神秘的な感じもする。

「ちなみにぃ、ブルークリスタルフラワーの花言葉は～『奇跡の出会い』ですねぇ。なかなか見つからない花なのでぇ、巡り合うことが奇跡という意味ですねぇ」

「なるほど、なんだか素敵な話ですね。イルネスさんは、花に詳しいんですね」

「ほんの少しだけですがぁ」

「……ちなみに、イルネスさんが好きな花はなんですか？」

なんとなく薔薇ではないかと予想しつつ尋ねてみると、イルネスさんは穏やかに微笑みを浮かべながら俺の質問に答えてくれる。

「お気付きかもしれませんがぁ、私は～薔薇の花が好きですねぇ。多様な色合いはもちろん～花言葉もぉ」

「俺は花言葉とかは詳しくないんですけど、薔薇にはどんな花言葉があるんですか？」

「薔薇は～多様な花言葉を持つ花ですぅ。色などでぇ、花言葉は変わりますがぁ、愛や恋に関する花言葉が多いですねぇ。少し例をあげるならぁ、赤い薔薇なら『愛情』や『情熱』～白い薔薇なら『純潔』～黄色の薔薇なら『友情』～虹色の薔薇なら『無限の可能性』と～多種多様ですねぇ」

「え？　虹色の薔薇とかあるんですか？」

イルネスさんがいつも胸元に付けているのは赤い薔薇、イルネスさんは慈愛に満ちた方だし愛情の花言葉を持つ薔薇はよく似合う気がした。だがそれ以上に、虹色の薔薇という言葉に興味を引かれて聞き返した。

「レインボーローズと呼ばれる種類の薔薇ですねぇ。そこまで作るのは難しくなくてぇ、見た目も鮮やかなのでぇ、プロポーズなどにも～人気の花ですよぉ」

「え？　作る？　自分でですか？」

「はいぃ。乾燥させた～白い薔薇の茎を裂いてぇ、染色液に浸けることでぇ、色を入れることができますぅ。綺麗な色合いにするにはぁ、少しコツがいりますがぁ、そこまで難しくはありませんよぉ。同じ方法でぇ、青い薔薇も作ることができますぅ」

「へぇ、なるほど……なんだか面白いですね」

さすがイルネスさんは博識である。俺としてはまったく未知と言える分野の話だし、こうしていろいろ教えてもらえるのはとても勉強になる。

「あっ、そういえば入口でもらった案内冊子によると、向こうに薔薇園もあるらしいので、そっちに行ってみましょうか？」

「はいぃ」

このフラワーガーデンはかなり広く、いくつかのエリアに分かれている。それこそじっくり見ていたら、一日ですべてを回るのは難しいかもしれない。なのである程度は、どこをどんな順番で回るか考えておかなければならない。

俺としてはせっかくの機会なので、なによりもイルネスさんに楽しんでもらいたいと思っている。なので、できるだけイルネスさんが好きそうな場所を回りたいものだ。

このあとに行く薔薇園は、確定として……そこを少しゆっくり眺めたら、少し早いけど昼食にするのもいいかもしれない。このフラワーガーデンには飲食店もいくつかあるみたいだし、イルネスさんの好みを聞いて選ぶことにしよう。

たどり着いた薔薇園は、さすがと言うべきか見事な光景だった。漂ってくる薔薇の香りも凄いが、色とりどりの薔薇が視界いっぱいに広がる景色は圧巻というほかない。

本当にいろいろな色があるんだなぁ……あっ、緑色とかもあるんだ。

「……凄いですね。こんなに色のバリエーションがあるんですね」

「これだけの種類を取り揃えているのはぁ、珍しいですねぇ。なかなか目にする機会のない種類の薔薇もぉ、咲いてますねぇ……とてもぉ、素晴らしい光景ですぅ」

「喜んでもらえたなら、誘ったかいもあります」

「くひひ、ありがとうございますぅ。カイト様と一緒にぃ、この美しい光景を見れてぇ、私は〜幸せですよぉ」

特徴的な笑みを零しながら告げるイルネスさんの言葉に、ドキッとする。なんというか、本当に不思議なもので最初見た時は不気味だと感じた笑い方も、イルネスさんの内面を知ったいまとなっては魅力的に映る。

少なくとも、イルネスさんが心から楽しんでくれているというのが伝わってきて、俺の方も嬉しくなってきた。

そのまま俺とイルネスさんは楽しく雑談をしながら、ゆっくりとした足取りで薔薇園を回った。そしてぐるっと一回りしたタイミングで、昼食の相談をする。

「イルネスさん、まだ少し早いですけどそろそろお昼にしませんか？　このフラワーガーデン内にも、いろいろなお店があるみたいなので、なにか希望があれば……」

「そうですねぇ。いちおう～お弁当を用意してきましたがぁ？」

「え？　作ってくださったんですか⁉」

い、いつの間に……結構朝早くに出発したと思ったんだけど……ま、まぁ、イルネスさんだし、言われてみれば、その準備のよさにも納得してしまう。

「はいぃ。お口に合うかはぁ、わかりませんがぁ」

「あっ、えっと……ちょっと待ってくださいね」

イルネスさんの言葉を聞いて、俺は少し慌てつつ案内冊子を見る。ちょっと予定は変わってしまったが、せっかくイルネスさんが作ってきてくれたのなら、それを食べたい。

「……あっ、飲食可能な広場があるみたいなので、そちらで食べましょう」

冊子を確認してみれば、飲食可能な場所はちゃんと記載があり、場所的にもこの位置からかなり近い。

イルネスさんは微笑みながら頷いてくれて、一緒に広場に向けて移動する。

たどり着いた広場は、木などは生えておらず、広い芝生といった感じだった。結構広さはありつつも、遠目には花畑も見えるので景観がいい。

「いい景色ですね。この辺で食べましょうか？」

「はいぃ。それではぁ、準備をしますねぇ」

「……え？　あれ？」

俺の言葉に頷いたあと、イルネスさんはマジックボックスからシートらしきものを取り出して、芝生の上に敷いてくれる。シートのサイズも、大きすぎず小さすぎず、ふたりで食事をするには丁度いい。

うん、えっと、なんというか……いくらなんでも、準備がよすぎない？　これって、もしかして……。

「あの、イルネスさん？　ひょっとして、このフラワーガーデンに来たことあります？」

「いえ～ですがぁ、少しだけぇ、下調べは～してきましたぁ」

「そ、そうですか……」

「カイト様ぁ、どうぞ～お座りくださいぃ」

「あっ、はい」

おかしいな？　今回は日頃お世話になっているイルネスさんへの恩返しとして、俺の方がエスコートしようと思ってたんだけど……あれ？　い、いや、まぁ、イルネスさんが気が利くうえに準備もいい方だというのはわかり切っていたことだし、ある程度は仕方ないかな。

そんなことを考えつつ、靴を脱いでシートの上に座ると、イルネスさんがお弁当を広げてくれる。これがまた見事に、俺好みというか……もの凄く美味しそうだ。いや、というか、絶対美味しい。

「凄く美味しそうですね。どれも俺の好物ばかりで、本当に嬉しいです」

「くひひ、喜んでいただけたのならぁ、私も嬉しいですよぉ」

イルネスさんの用意してくれた弁当は、シンプルながら細かな部分まで凝ったもので、少し小さめでいろいろな種類があるおにぎりに、卵焼きやウィンナー、ポテトサラダにミートボールとかなりの種類があった。

味に関してもどれも俺好みの、なんというかホッとするような優しい味付けで、一度食べ始めるとついつい夢中になってしまった。

あっという間に食べ終わり、心地よい満足感を覚えていると、イルネスさんがそっとお茶の入ったコップを差し出してくれた。

「ありがとうございます」

「いえいえ～お口に合ったようでぇ、よかったですよぉ」

イルネスさんが渡してくれたお茶を飲みながら、のどかな景色に目を向ける。なんか、こういうのっていいなぁ……気温もちょうどいいし、景色は綺麗だし、美味しいものを食べてホッと落ち着いて……なんというか、凄く贅沢な時間のような気がする。

「……ふぁ……っと、すみません」

「くひひ、いい天気ですからねぇ。眠たくなるのもぉ、仕方ありませんよぉ」

つい欠伸が出てしまったが、イルネスさんは気にした様子もなく、どこか楽しげに笑っている。

「よろしければぁ、少し横になってはいかがですかぁ？」

「え？　う、う～ん、ソレは魅力的ですが……」

「別にぃ、焦ってあちこち回る必要もありませんしぃ、ここでのんびりするのもいいのではないでしょうかぁ？」

「それはまぁ、確かに……」

確かに別に無理をして施設の全部を回る必要はないし、のんびり過ごすのも選択肢のひとつと言える。あとなにより、ここで軽く昼寝をするのは本当に最高だろうし、あまりにも魅力的だ。

「……そ、それじゃあ、少しだけお言葉に甘えて横になりますね」

せっかくイルネスさんも構わないと言ってくれてるんだし、ここは厚意に甘えて横になることにしようと、そう思ったのだが、直後に予想だにしていなかった言葉が告げられた。

「はいぃ。もしよろしければぁ、こちらへどうぞぉ」

自分の腿の上にハンカチを広げながら、イルネスさんは穏やかな微笑みと共にそう告げた。

「……はい？」

あれ？　これ、どういう状況？　こちらへどうぞって……それはつまり、膝枕をしてくれるってことだろうか？　え？　なんでそういう話に⁉

「……いいんですか？」

そして俺はいったいなにを言ってるんだ⁉　なんか突然すぎて思考が追い付いてない気がする。もしかしたら膝枕とかじゃなくて、座っているイルネスさんの前のスペースって意味かもしれないし……。

「寝心地がよいかはわかりませんがぁ、カイト様さえ～お嫌でなければぁ」

あっ、いや、これ確実に膝枕してくれるって言ってる。イルネスさんすっごく優しげな笑みでこっち見てるし……どうする？

「……えっと、その、それでは……失礼して」

うん、誘惑に負けてしまった。いや、だってなんかイルネスさんからあふれる母性が凄いもん、なんかついつい甘えたくなってしまう。そ、それにほら、イルネスさんのほうから提案してくれたわけだし……。

少し緊張しながらもイルネスさんの腿に頭を乗せる。ふわっと香ってくる心地よい香りと、幸せな柔らかさ。

油断すると一瞬で意識を手放してしまいそうな極上の寝心地の膝枕……これはなんというか、癖になってしまいそうだ。

俺が寝転がると共に、イルネスさんはそっと手を伸ばし優しく俺の頭を撫でてくれた。いや、本当に前々から思ってはいたけど、イルネスさんは包容力と言うか母性みたいなのが凄い……やっぱり聖母かな？

そんなことを考えつつ、緊張と共になんとも言えない心地よいまどろみを感じていると……ふいにイルネスさんの声が聞こえてきた。

「例えば、世界が、ひとつの物語ならば、いったい、どれほどたくさんのページがあるのでしょう？」

これは、歌？　優しげなリズムで聞こえてくる綺麗な歌声が、耳に心地よく響く。

「そのページに描かれる、貴方は、もしかしたら、とても小さく、見えにくいものかもしれません」

「……」

「だけど決して、それは不要ではなくて、次のページに続く大切なピース」

「どうか、歩き続けて、貴方の進む先にこそ、未来はあるから」

初めて聞く歌だが、優しく献身的な歌詞のような気がする。それにしても、イルネスさん……歌、滅茶苦茶上手い。語り掛けるように優しく、柔らかく紡がれていく音に、思わず聞き入ってしまった。

「例えば、世界が、ひとつの物語ならば、こうして出会えた奇跡、私は感謝したい」

歌詞は二番に入ったみたいで、一番最初と同じリズムで出だしが歌われていく。

「貴方が手を伸ばせば、周りも貴方へと手を伸ばす、そうして、輪が広がり、ページは彩られていく」

「……」

「貴方は決して、ひとりではなく、多くの味方がすぐそばにいる」

「……」

「どうか、忘れないで、貴方の幸せ願う、物語のファンがいることを」

美しい歌声に導かれるように少し視線を動かすと、俺の頭を撫でながら歌っているイルネスさんも俺の方に少し視線を向けた。普段は焦点が合っていない目の焦点が合い、綺麗な瞳が真っ直ぐに俺を見つめる。

「きっと、歩く道は平坦じゃない、強い風も吹く、だけど、きっと、そのたびに貴方は成長していく」

「……」

「いつか、貴方が年をとって、物語を読み返した時、笑顔になれる、そんなページに、私が描かれなくてもかまわない」

「……」

「世界が、ひとつの物語だとしても、私は、貴方の紡ぐ小さな、とても小さな物語の読者でありたい」

「……」

「だから、どうか、忘れないで、私はいつまでも、幸せ願う、貴方のファンだということを」

どうやら、そこが歌詞の終わりらしく、イルネスさんは小さく、優しげな微笑みを浮かべる。

「……素敵な歌ですね。なんて歌なんですか？」

「……『小さな物語』という～百年ほど前にぃ、流行った歌ですよぉ。カイト様に贈るにはぁ、一番相応しい歌だと思いましたぁ」

「へ？　えっと……」

「私は～いつまでもぉ、貴方の味方ですよぉ。だから～これから先もぉ、いくらでも頼ってくれればいいですよぉ。貴方が幸せになってくれることがぁ、私にとって一番嬉しいことなんですからねぇ。って～そういう感じですかねぇ？」

どこかおどけるように首を傾げて笑うイルネスさんの表情は、あまりにも美しく……幻想的にすら見えた。

いつまでも貴方の味方だと、当たり前のようにそう言ってくれる言葉が嬉しく、同時になんだか変に照れくさくて……気恥ずかしさを隠すように、微かな眠気に身を任せて目を閉じた。頭を撫でる、優しい手の感覚に安心感を覚えつつ……。

＊　＊　＊　＊

穏やかな表情で眠る快人の頭を優しく撫でながら、イルネスはぼんやりと焦点の合っていない目で景色を眺める。緑の芝生、遠目に見える色とりどりの花々、透き通るような青空……絶景と呼べる条件は整っている。

（不思議な～ものですねぇ。かつてはぁ、空っぽだと言われ～私自身もぉ、ソレを自覚していたはずなのにぃ……変化なんてぇ、起きるわけがないと～仮に起きるとしてもぉ、必要ではないと～そう感じていたはずでしたぁ）

かつて彼女が仕える王たるシャルティアは、イルネスを空っぽだと称した。それがイルネスの最大の歪みだと、そんな風に語りながら……。

その話を聞いた時、イルネスはなるほどと、そう思いはした。さすがの洞察力だと、相手の内面まで含めてよく見ているものだと、そんな風に感じる。

だが、その先も含めシャルティアが告げた通りだ。彼女は王のその言葉を自分に必要なものだとは考えなかった。その歪みを改める必要があるとは思わなかった。なにせ、ずっとそれで問題なかったのだ。空っぽでも問題なく生きてこられた、それによってなにか損をしたこともなかった。

――『他者なんてどうでもよかった』。

他者になにかを求めたところで、なんの意味があるのだろうか？　それによってなにか己に影響があるのだろうか？　あるとしても、わざわざその影響を受ける必要があるのだろうか？　変化が必要だと感じていないのに……。

イルネスには、わからなかった。なにかを求めることに意味を見出せなかった。なにかを得ることに幸福を感じなかった。

――『自分自身もどうでもよかった』。

彼女は正しく空っぽだったのだろう。どんな環境にあっても、その心が満たされることはなく、空虚なまま……そのはずだった。

（……ですがぁ、カイト様と出会ってぇ、カイト様を愛してぇ。私の心はぁ、いままで感じたことがない気持ちでぇ、満たされましたぁ。本当に～不思議なものですねぇ。あれだけぇ、必要ないと思っていたのにぃ……いまはぁ、己が変われたことを嬉しく思っていますぅ）

そう、ソレはもはやすべて過去の話である。快人と出会って一目惚れをしたことで、彼女は幸福を知り、空っぽだった心は、快人との触れ合いを通じていつの間にか幸福で満ちあふれていた。

（カイト様はぁ、よく～私に世話になってばかりだとぉ、そんな風に言いますがぁ、それは～とても大きなぁ、間違いですねぇ）

腿の上で眠る快人を愛おしそうに見つめる。ただそれだけで、心の中に温もりが広がっていくような気がした。

（貴方に～もらったものがぁ、多すぎますぅ。私はいまだぁ、そのひと欠片すらぁ、お返しなんてできていません～。だって私はぁ、貴方と出会う前はぁ……こうして綺麗な景色を見てぇ、美しいと感じることすら～できていなかったのですからぁ）

空っぽだった心が満たされたことで、いろいろなものが変化していた。世界はこんなにも綺麗だったのだと、何万年も生きた末の発見に驚いたりした。快人と出会う前といまでは、見え方も感じ方も、すべてが変化している実感がある。

そんなことを考えながら快人の頭を優しく撫で、フッとイルネスは苦笑を浮かべた。

（本当にぃ、変われば変わるものですねぇ。いつの間にぃ、私はこんなに～欲張りになってしまったのでしょうかぁ？　もっともっと～貴方に笑顔でいて欲しいぃ、ずっと幸せでいて欲しいとぉ、そんな風に～未来まで求めてしまうなんてぇ、昔の私が知ればぁ、驚くかもしれませんねぇ）

快人の幸福な未来……それがイルネスが一番強く求めるものだ。快人が幸せでいてくれること、その笑顔を見ることができること、それが彼女にとってなによりも幸福なことだった。

（けれど～優しい貴方はぁ、きっと～それでもぉ、私は欲張りではないと～そんな風に言ってくれるのでしょうねぇ）

自分の欲望を語った時に快人がどんな言葉を返してくるか、ソレを思い浮かべながら微笑んだあと、イルネスは小さな懐中時計を取り出して時間を見る。

（そろそろ～起こした方がよさそうですがぁ、もし～少しだけぇ、ワガママが許されるならぁ……

あと少しぃ、ほんの少しだけぇ……貴方の寝顔を～独り占めにさせてくださいぃ）
心の底から快人のことを愛おしそうに見つめながら、イルネスはそっと片手で自分の髪を押さえながら身を屈め、眠る快人の額に微かに触れるだけのキスをした。

＊＊＊＊

思っていた以上にスッと眠ってしまっていた俺を、イルネスさんは一時間ほど経ったタイミングで優しく起こしてくれた。

……これ結構グッとくるというか、油断すると癖になってしまいそうな気がする。とにかくイルネスさんの声が優しくて、目を覚ますと少し微笑んでくれて、仕草も母性に満ちあふれている。安心感がすさまじいというか、毎日こんな風に起きたいものだと、そんな願望すら浮かんでくる。

まぁ、それは置いておいて、俺とイルネスさんは再びフラワーガーデンの中を回り始めた。正直ここに来るまでは、花を眺めるだけならサッと回るだけで終わって時間が余るんじゃないかと、そんな風にも思っていたが……なかなかどうして、こういうのもいいものだ。

俺ひとりであれば、ぼんやり「綺麗だなぁ」とか言いながら眺めて、ところどころで立て札の説明を読んで終わりだっただろう。しかし、花に詳しいイルネスさんがいてくれるおかげで、花言葉や豆知識なんかも教えてもらえて退屈しない。

「……そういえば、イルネスさん」

「はいぃ？」

「ここには、魔導華とかもあったりするんですか？」

「魔導華ですかぁ、珍しい花をご存じなんですねぇ」

「えぇ、ちょっと前に知る機会があって……光の当たらない洞窟に生えるって聞いたので、こういう場所にはないかもしれませんが……」

魔導華を思い浮かべたのは、リグフォレシアで出会ったリーリエさんのことを思い出したからだった。いや、というかそもそも俺がハッキリと名称を記憶しているこの世界特有の花は、ブルークリスタルフラワーと魔導華ぐらいしかないので、花の話題を探そうとすると自然に行き着くのだが……。

「魔導華はぁ、カイト様のおっしゃる通りぃ、洞窟などの奥にのみ生える花ですねぇ。別名『マテリアルフラワー』とも言いましてぇ、最上位魔力回復薬の材料にもなる花ですぅ」

「なるほど、やっぱりそれだと、こういうフラワーガーデンで見るのは難しいですかね？」

「いいえ～そんなことはありませんよぉ。魔導華は光のない場所でしか育ちませんがぁ、一度育ったなら～光のある場所に移してもぉ、枯れたりすることはありません～。あくまでぇ、光のある場所ではぁ、成長しないといった感じですねぇ」

「へぇ、じゃあ、このフラワーガーデンにもあるかもしれないんですね」

「はいぃ。ですがぁ、かなり珍しい花なのでぇ、もしあるとすれば～大きくスペースを割くと思うのでぇ、案内冊子に記載がなければぁ、ないかもしれませんねぇ」

確かに珍しい花なら案内冊子に記入があってしかるべきだ。しかし、再度冊子を見てみてもそういった記述はない。となれば、このフラワーガーデンには魔導華はないのだろう。

少し残念な気もするが、花自体はリーリエさんと会った時に見た……というか、リーリエさんの頭の横に咲いていたのがそうだろうし、そこまでの落胆はない。

そんな風に俺は拙い知識ながら、知っている花についてイルネスさんに尋ね、イルネスさんがそれに優しく答えてくれるといった感じで会話を弾ませながら、フラワーガーデンの見学を続けていった。

本当にこのフラワーガーデンはかなり広く、ところどころに休憩所というか喫茶店のような場所もあり、適度に休憩を挟むこともできる親切な造りになっていて、のんびりとそれでいて楽しく回ることができた。

当初は早く回りすぎてしまわないかと心配したが、実際はむしろ逆で、広すぎて全部をゆっくり回ることはできず、後半はやや急ぎ気味になってしまったのが少し残念だった。まぁ、それに関してはまた次に来た時の楽しみに取っておくことにしよう。

いつの間にか空はすっかり茜色に染まっており、先ほどまでとはまた違った夕日に染まる花畑という景色を見せてくれた。美しくもどこか少しもの寂しいような、そんな光景を眺めつつフラワーガーデンの出口付近にたどり着く。

「……お店？　お土産物屋ですかね？」

「そのようですねぇ。花も～売ってるみたいですよぉ」

「少し見ていきましょうか？」

「はいぃ」

出口付近にあった少し大きめの店に入ってみると、中には花を模したインテリアや、ドライフラワーの飾りなど、いろいろな商品がところ狭しと並んでいた。

こういうお土産物屋というのは、なんだかんだでワクワクするというか、ついついなにか買いたいという気持ちになるから不思議だ。

せっかくなのでリリアさんたちへのお土産を何点か購入して、店を出る。するとそのタイミングでイルネスさんが話しかけてきた。

「カイト様ぁ、今日はありがとうございましたぁ。とてもぉ、楽しい時間でしたぁ」

「あ、いいえ、こちらこそイルネスさんがいてくれたおかげで、本当に楽しかったです。急な誘いだったのに、付き合ってくださってありがとうございます」

互いにお礼を言い合って微笑み合う。夕日に照らされながら穏やかに微笑むイルネスさんの表情は、思わず息を呑むほど綺麗で……それ以上なにも言葉が続かなかった。

するとイルネスさんは、おそらく先ほどのお土産物屋で買ったであろう小さな花束を取り出し、それを両手で持ちながら俺に差し出した。

「お礼としては～ささやかかもしれませんがぁ、よろしければ～受け取ってくださいぃ」

「え？　あ、ありがとうございます」

差し出されたのは、赤い薔薇の花三本で作られた小さな花束だった。本数こそ少ないものの、薔薇の花は大きく見栄えも綺麗で、それでいて少し控えめなところが凄くイルネスさんらしいと感じた。なによりその花束は、イルネスさんが今日という日を本当に楽しんでくれた証明のように感じられて、なんだかとても嬉しかった。

「……イルネスさん、そろそろ夕食時ですし、帰りは転移魔法でサッと帰れるので、アルクレシア帝国の首都ででもなにか食べて帰りませんか？」

「くひひ、はいぃ。喜んでぇ」

それは咄嗟に出た言葉だった。なんとなく、この時間がすぐに終わってしまうのがもったいないと、そう感じたのかもしれない。

そんな俺の急な提案に、特徴的な……とても魅力的な笑みを浮かべて頷いてくれるイルネスさんを見て、俺も自然と笑顔になった。

＊＊＊

薔薇は特殊な花言葉を持つ。イルネスが快人に教えたように、色によってさまざまな花言葉を持つのも、もちろんそうだが……それ以外にも、花言葉を変える要素が存在する。

それは赤い薔薇の花に関するもの……愛情という花言葉を持つ赤い薔薇は、恋愛を象徴する花でもあり、『誰かに贈る場合は、その本数によって花言葉が変わる』という特殊な性質がある。

たとえば……一本の薔薇なら『一目惚れ』。十三本の薔薇なら『永遠の友情』。五十本の薔薇なら『恒久』。

そんな風に色だけでなく、贈る本数によっても花言葉を変える特殊な花……当然薔薇の花が好きなイルネスも、その性質はしっかりと把握している。

だからこそ、彼女が快人に贈った花束には、控えめな彼女なりの……それでいて心からの想いが込められていた。

そう、赤い薔薇を三本贈る時の花言葉は——『あなたを愛しています』。

第四章　リスティア・アスモデウス

アルクレシア帝国帝城の執務室で、皇帝クリスは最近よく手紙のやり取りをしている快人から届いた手紙を読んでいた。

内容はクリスが勧めたフラワーガーデンに行ったことと、それに対する感謝がメインである。読み終えたクリスは薄く笑みを浮かべる。

（どうやら楽しんでいただけたようで、なによりですね。まだ若干の苦手意識は持たれているみたいですが、かなり改善されていると見ていいでしょうね）

快人と友好的にしておくことは、彼女にとって利点が多い。今回の件も、快人がフラワーガーデンのことを話せば恋人であるクロムエイナやアイシスも、興味を持って訪れてくれるかもしれない。

アイシスが訪れる場合は事前に対策が必要ではあるが、それでも六王が訪れたという箔は付くのでクリスとしては大歓迎である。

打算的な面を抜きにしてクリス個人として考えても、人物的に好印象な快人と親しくすることは苦ではない。いやむしろ、普段の忙しい公務の中の癒しとも言えるかもしれない。

そんなことを考えつつ、クリスは机の引き出しから何枚かの紙を取り出した。

（さて、こちらもそろそろ決めなければ、六王祭に間に合わなくなりますね）

取り出した紙に描かれているのは、さまざまなドレスのデザイン画である。六王祭では快人へのアピールも兼ねていつもより女らしい格好をしてみようと考え、いくつかの人気のある商会から取り寄せたものだ。

ソレを一枚一枚見ながら、クリスは顎に手を当て思案する。

（……どれも素晴らしいデザインではありますね。ハイドラ王国の最新の流行を取り入れたデザインもあれば、あえて古めのデザインにしているものもある……ですが……）

衣服において流行の最先端は『衣のハイドラ』とも言われるハイドラ王国だ。当然その流行を取り入れたドレスは素晴らしいし、ほかのデザインも、彼女の注文通り女性らしさが際立つよいデザインばかりだ。

……そう、いいデザインであるのはわかる。しかし、それが『自分に似合うかどうか』に関しては、よくわからないというのがクリスの本音だった。

というのも基本的に彼女はドレスを着ない。皇帝として夜会などでほかの貴族のドレスを見ることはあるし、彼女自身流行などの情報もしっかりと把握していることもあって、善し悪しに関してはわかる。

だが、自分が着るとなると……どんなデザインを着ればいいのかわからず、まだ発注が完了していない。さすがにそろそろ決めなければ、製作が間に合わなくなりそうということもあり、クリスは頭を悩ませていた。

そのまましばらく考えていたクリスだが、少し首を振って諦めたような表情で椅子から立ち上がって呟いた。

「……駄目ですね。さっぱりわかりません……ここはやはり『あの人』を頼ることにしましょう」

＊＊＊＊

クリスが執務室から出て足を運んだのは、後宮……逝去した前皇帝、つまりクリスの父親の妻たち……正室や側室が住んでいる場所だった。

本来であれば皇帝が代替わりした時点で後宮は現皇帝が使用するために空けるものだが、クリス自身は後宮を使用するつもりもなく、また前皇帝が女性にだらしなく側室や愛妾の数が相当なものなので移すのが手間であり、さらに言えば……『本人たちが移り住むことを固辞している』ということもあって、そのままにしていた。

中に入ってすぐ偶然ひとりの女性が通りがかり、クリスの姿を見つけて深く頭を下げた。

「これは、皇帝陛下」

「……『母上』はいますか？」

「はい。『リスティ様』はいつものお部屋に」

「ありがとうございます」

短く確認を済ませたあとで、クリスは後宮の最奥の部屋を目指して歩き出した。そこはこの後宮において最も巨大かつ豪華絢爛な部屋であり、本来であればこの後宮で一番立場の高い女性、すなわち前皇妃が住むはずの場所だ。

しかし、クリスの母は前皇妃というわけではなく側室である。ではなぜ、その側室であるはずのクリスの母が、後宮で最も大きな部屋に住んでいるのか。その理由は単純……クリスの母親が、この後宮の実質的な支配者だからだ。

目的の部屋にたどり着き、軽くノックをして返事を待ってから中に入ると、すぐに目的の人物が目に留まった。

煌めくような美しく長い金の髪に、クリスと同じエメラルド色の瞳、抜群と言っていいプロポーション、透き通るように美しい肌。スリットの入った煽情的なドレスに身を包んだ女性は、異性はおろか同性ですら見惚れてしまうほど美しい。ただソファに座っているだけで芸術のようで、まさに絶世の美女という言葉がしっくりくる。

「クリスちゃん？　こんな時間に来るのは珍しいわね？」

女性……クリスの母親であるリスティ……『リスティア・アスモデウス』は、クリスの姿を見てコテンと首を傾げた。

そんなリスティアを見て、クリスは一度顔をしかめたあとで口を開いた。

「お邪魔します、母上……っと、その前に……なんですか、この匂いは？」

「ああ、新作の香水が出たって言うから、いろいろ試してみてたのよ」

部屋に充満する香水の匂いに嫌そうな顔をするクリスを見て苦笑したあと、リスティアがパチンと指を弾くと部屋の中の匂いが綺麗さっぱり消え去った。

そのままリスティアは近くに控えていた豪華なドレスを着た女性の方に視線を動かし、美しい声で告げる。

「ありがと、もう片付けていいわ。あと、貴女も下がっていいわよ」

「はい！　お役に立てて光栄です！」

リスティアに声をかけられた女性は頬を染め幸せそうな表情で頷いたあと、手早くテーブルの上の香水を片付け、深く一礼してから部屋をあとにした。

それを微妙そうな表情で見送ったあとで、クリスはリスティアの向かいの席に座りながら溜息と共に口を開く。

「……はぁ、『前皇妃』になんてことをさせてるんですか……」

「うん？　別に命令してるわけじゃないわよ。本人が進んで小間使いしてるだけよ」

「……手を出してませんよね？」

「私に同性愛の趣味はないわ」

興味なげに答えるリスティアの言葉を聞き、クリスは再び大きな溜息を吐いた。そう、前皇帝の正室や側室がこの後宮を離れたがらない理由というのは、実は目の前にいる母親だった。

端的に言えば、この後宮に住む女性は皆リスティアに心底惚れ込んでおり、彼女の傍から離れたくないのでほかに移ることを固辞している。そして、自ら進んでリスティアのために使用人のようなこともしているというわけだ。

異性はおろか同性すら容易く魅了する。最強にして最凶のサキュバス……それが、クリスの母親であるリスティア・アスモデウスという存在だった。

彼女がその気になれば、国でも容易く動かすことができる、まさに傾国の美女と言える存在ではあるが、幸いリスティアは政治に興味がなく、ついでに言えば浪費癖などもない。

基本的に自分が楽しいか否かが行動基準であり、クリスは昔こそその気まぐれかつ身勝手な母親との間に確執があったが、いまとなってはそれも過去の話であり、母娘としていまはそれなりに良好な関係を築いていた。

「それで、今日はどうしたの？」

「ええ、実は母上に少し助言をいただけたらと思いまして……こちらを見ていただけますか？」

「うん？　へぇ、ドレスのデザイン……流行りものが多いわね。それで、これが？」

化粧やお洒落など女性としての魅力を際立たせる術において、クリスにとってリスティアは非常に頼りになる存在だった。実際に過去にも化粧や髪の手入れなどでアドバイスをもらったこともある。

「実は今度の六王祭で、ミヤマ様に女性らしさをアピールしたいと考えていまして……どのドレスが私に似合うと思いますか？」

「え？　『どれも全然似合わない』」

「……え？」

「あっ、待って違うの！　別に貶したわけじゃないのよ!?　あくまでこのデザインのドレスは、クリスちゃんに向いてるデザインじゃないってだけよ！」

あっさりとデザイン画のドレスは似合わないと告げたリスティアに、クリスが一瞬戸惑ったような表情を浮かべると、リスティアは大慌てで弁明を始めた。

戸惑ったクリスを見て傷つけてしまったと誤解したからだ……というのも、リスティアは愛情表現こそ不器用ではあるが、クリスのことを溺愛している。いまだって内心はクリスが頼ってきてくれて非常に嬉しいので、クリスを悲しませるような流れにならないように必死である。

「……こほん。いちおう確認するんだけど、これを着ようとしたのは、いま手紙のやり取りをしてるっていう異世界人の子に見せるためよね？」

「ええ、その通りです」

「なるほど、じゃあやっぱり早いわね。確かにこのデザインはどれも可愛らしいデザインだけど、普段のクリスちゃんのイメージと違いすぎるの。ギャップが魅力に映る場合もあるけど、それはもっと親しくなってからの方がいいわね。その異世界人の子と会ったのは、いままでせいぜい二～三回でしょ？」

「は、はい」

リスティアもクリスから話を聞いており、『それ以外の要因』もあって、快人のことはそれなりに知っている。そして現在までにクリスが快人と直接顔を合わせたのは数回程度ということも……。

「いい？　化粧やドレスってのは女にとっては武器や防具と一緒なの。例えば、弓が得意な騎士に伝説の剣を与えても使いこなせないでしょうし、身軽さが売りの子に重装備を着せても長所を殺しちゃうでしょ？」

「え、ええ、それは確かに……」

「大事なのは自分の特色に合わせること……クリスちゃんなら、ドレスを着るならもっと落ち着いたシックなデザインにするべきね。色は暗めの色合いがいいわ……アクセサリーは少なめで……豪華な刺繍で補う感じで……」

クリスに説明をしながらリスティアはどこからともなく紙とペンを取り出し、ブツブツと呟きながらなにかを描き込んでいく。

「……うん、こんな感じのドレスがいいんじゃないかしら？」

「これはっ……なるほど、素晴らしいデザインです」

リスティアが紙に描いたドレスのデザインは、落ち着いたシンプルなデザインでありながらところどころに豪華さや気品も感じられるもので、なおかつクリスの好みにもピッタリ合っていた。

「化粧に関しては本当に軽めがいいわ、もし普段と少し違う感じにしたいなら、口紅を少し鮮やかなものにするのもいいかもしれないわね。あと……大事なことだけど、クリスちゃんはひとつ大きな勘違いをしているわ」

「勘違い、ですか？」

「そう、これは本当に大事なことよ。いい、覚えておいて……」

そう言いながらリスティアは軽く手を動かし、スッと下の方を指差す。それに釣られてクリスが視線を下げ、リスティアの足を見たタイミングで、リスティアは足を組み替え、腰を少し動かし、胸を揺らし、指で軽く唇をなぞる。

その動きに引き寄せられるようにクリスの視線が上がっていくと、リスティアは少しだけ間を置いてスッとクリスに向けて流し目をした。

本当にただそれだけだったが、同性でありかつ娘であるクリスでさえ思わず息を呑んでしまうほど、リスティアの仕草は美しかった。

「……化粧やドレスなんて補助に過ぎないわ。女性らしさだとか、女の魅力なんてのは魅せ方次第でいくらでもアピールできるのよ」

「な、なるほど……いまのは？」

「簡単な視線誘導よ。意識ってのは動きのあるものに向きやすいからね。そんなに難しくないけど、覚えておけばいろいろ便利だから、今度教えてあげるわよ」

そう告げるリスティアを感心したような表情で見たあと、クリスはフッと苦笑を浮かべる。

「……なるほど、やはりこういった分野では母上には敵いませんね」

「まぁ、私は淫魔だし、これが得意分野みたいなものだからね」

淡々と答えているようで、最愛の娘の賞賛の視線が嬉しいのか、リスティアの口元には小さく笑みが浮かんでいた。

するとそのタイミングで、クリスが少し声のトーンを低くして告げる。

「ところで、母上……最近かなり悪名高かった商人がひとり、あらゆる悪事が白日の下にさらされたうえで逮捕されたのですが……」

「あら、そうなの？　悪いことはできないものね」

「……楽しかったですか？」

「そりゃ、もう！　最高だったわ‼　丁寧に逃げ道潰してあげたから、もう自分は詰んでるんだって気付いた時の絶望顔が特に――はっ⁉」

「……やはり、貴女でしたか……」

ジト目に変わったクリスは、ダラダラと汗を流すリスティアを静かに見つめる。そう、このリスティアは淫魔らしく男遊びが大好きであり、なおかつ彼女は適当に遊んで飽きると、次は『その遊び相手を徹底的に追い込んで破滅させる』という質の悪い趣味を持っている。

「あっ、で、でもほら、ちゃんと加減はしたのよ？　今回は『壊してない』し……」

「はぁぁぁぁ……まぁ、貴女にとって男遊びは本能みたいなものですし、相手も極悪人に絞ったうえで本当に加減しているみたいなので、ゼロにしろとまでは言いませんが……」

実際、一昔前に比べると、リスティアの男遊びはマシになっている。昔はもっと徹底的に……『壊れるまで遊んでいた』。しかし、そういった悪癖が原因でクリスに嫌われ、その関係が改善してからは、彼女なりに男遊びをかなり控えている。

まぁ、クリスの言う通り淫魔である彼女にとっては、男遊びは本能のようなものなので完全にゼロにはできていないが、それでも努力は感じられる。

「ですが、そういうのはやる前に一言言ってください。こちらもあの商人を検挙しようといろいろ準備していたのに、それが全部無駄になったんですから……」

「……はい」

シュンとした表情を浮かべるリスティアを見て、困った母親だと感じながらクリスは苦笑する。

そういえば、昔は母である彼女のことが心底嫌いだったと、そんなことを思い出しながら……。

＊＊＊＊

アルクレシア帝国現皇帝クリス・ディア・アルクレシア。彼女が今日まで歩んできた道は決して平坦なものではなかった。

前アルクレシア皇帝が、ある日突然に側室へと迎えた淫魔。あまりにも美しい容姿、男心を知り尽くした仕草、狡猾な頭脳。それらを凄まじく高い次元で兼ね備えていた淫魔は、瞬く間に皇宮内の男たちを虜にし、発言力を増していった。

見方によれば突然現れ、国の中枢を乗っ取ったとすら見えるその淫魔こそが……クリスの母親である。

幼くして聡明だったクリスは、己の母親である淫魔が……大嫌いだった。育児は使用人に任せてロクに会いに来ることもなく、男遊びばかり……数多の男どころか、女すらも虜にしながら誰ひとりにも愛情を返さず、奴隷のように扱う母親が、おぞましくて仕方がなかった。

幸い浪費癖などはなく、国の政治にも関心がない淫魔は、アルクレシア帝国を傾けたりすることはなかったが、欲望のままに生きるその姿は、クリスの心に嫌悪の感情を抱かせていた。

もっとも、いまになって思えば……その感情の根底は、寂しさだったのかもしれない。本当は母親に会いに来て欲しかった。愛情を注いで欲しかった……しかし、母親は己に会いにすら来ない。

そんな寂しさを誤魔化すために、クリスは母親を嫌うようになった。己は母親が大嫌いだから、『顔を合わせないのも当たり前なんだ』と……己に言い訳をし続けた。

そう、言ってみればクリスは母親への甘え方を知らなかった。自らの母親に対してあまりにも不器用だった。

「……貴女は、この世で最もおぞましい存在です。貴女のような存在の血を半分とはいえ受け継いでいるのは、生涯消せぬ私の汚点です」

「……」

だから、だろう……十六歳、大人と呼べる歳になった彼女は、久々に会った母親に対してそう告げた。己に興味すらない母親は、なんの感情もなくこの言葉を受け流すだろうと、そう思いながら……。

しかし、決別の意志すら込めて放ったはずのその言葉が切っ掛けで、彼女は苦悩することになる。

「……そう、ね。たぶん、その通りなんでしょうね」

「ッ⁉」

クリスの言葉を受けた母親は、いまにも泣き出しそうな顔で彼女の言葉を肯定した。だからこそ、クリスは酷く動揺した。

母親の表情に対してではない。『母親を傷つけてしまったことを後悔している自分自身』に……。

母親のことが嫌いだった。嫌いな……はず……だった。だけど、それから何日経っても、その時の母親の顔が頭から離れてくれなかった。

己の感情がわからず、苦悩し続けたクリスは、母親から逃げるように、見聞を広めるという名目で各地を旅するようになった。

そして、その道中で冥王クロムエイナと知り合い、数年間クロムエイナの家で過ごして……ようやくクリスは、己が母親を嫌い切れていないことを受け入れることができた。

己の感情に決着をつけたクリスは、クロムエイナとその家族に深く感謝を伝えてからアルクレシア帝国へと帰ってきた。

そして彼女は数年ぶりに、いや……生まれて初めて、己の母親と正面から対峙して言葉を交わした。

「聞きたいことがあります」

「……なによ？」

「貴女にとって、私はなんですか？　偶然生まれてしまった邪魔な存在ですか？　それとも興味を抱く価値すらないゴミですか？　私は、貴女の本心を聞きたい」

「……っ……たのよ……」

「え？」

「私がいつ！　そんなことを言ったのよ!!　邪魔だとかゴミだとか、そんなこと一言も言ってないでしょ!!」

「っ……たら、だったらなんで！　私に会いに来てくれなかったんですか！　私が話しかけても無視ばかりしたんですか！　私には、貴女が……わからない！」

それは、初めての親子喧嘩だった。良くも悪くも似てしまった……不器用な母と子が、初めて本音で語り合った瞬間だった。

「わかんないのよ！　どうしたらいいか……どうやって愛したらいいのか……わからないのよ……」

「母……上……」

「貴女を生んだのは、気まぐれだった。子供ってどんなものなのかって、本当にそんな程度の……だけど、生まれた貴女を見て……純粋で、真っ白で……どうしようもないぐらい可愛くて……怖くなったの……」

「怖くなった？」

「……貴女の言った通り、私は他者を食いものにする淫魔。いままでずっと己の欲望のためだけに生きてきた、おぞましい存在よ。そんな、私の……汚れた手で触れたら……真っ白で美しい貴女が、汚れてしまうんじゃないかって……どう接していいかわからなかった」

そう、クリスの母……最強の淫魔であるリスティアにとって、愛とは己にかしずいた他者が捧げるものであり、誰かに与えるものではなかった。

愛など他者に向けたことはなかった。だからこそ、彼女はどうしようもなく可愛く感じてしまった我が子に……クリスに対して、愛情の注ぎ方がわからなかった。

「母上、本当のことを教えてください。なぜ、私の世話を使用人に任せたのですか？」

「……子育てなんてしたことない私が育てるより……ちゃんとした経験がある者がやった方が……

貴女にとっていいと思ったからよ」

「なぜ、一度も私に会いに来てくれなかったんですか？」

「……行ったわ……毎日……一日も欠かさず様子を見に行った……でも、会えなかった。会ってどうすればいいのか……わからなかった」

「なぜ、私が話しかけても答えてくれなかったんですか？」

「……怖かったの……嫌われてるって思ってたから……どんな顔をして貴女と話せばいいか……わからなかった」

「私のことを、愛して……くれているのですか？」

「……愛してるわ。自分でも、どうしていいかわからないぐらい……貴女が愛おしくてしょうがないのよ」

不器用な母親の偽りない本心を聞き、ようやく長年クリスの心を覆っていた暗い霧は晴れた。すれ違い続けていた不器用な親子は、ようやく本来の形へと戻り始めていた。

もちろん長年すれ違った関係は、すぐには修復されないだろう。だが少しずつ、着実に彼女たちは互いに歩み寄ろうとしていた。

＊＊＊＊

昔のことを思い出しながら、クリスは母親であるリスティアに視線を向ける。

そう、以前とは違い、いまは……母親のことが嫌いではなかった。リスティアの愛情表現は不器用ではあるし、その思いやりはわかりにくい。

しかし、自分を愛してくれていることはハッキリと理解できているから……。

緩やかな衰退が見え始めた帝国を憂い、彼女が皇帝の座に就こうと動き始めた時……裏からこっそりと手を回し手助けをしてくれた。

和解してから、派手な男遊びを控え、代わりに外交や身だしなみなどを、それとなく指導してくれるようになった。

そしていまもこうして、突然の来訪にも拘らず、文句を言うことなく自分の相談に乗ってくれている。

「……そういえば、聞いたことはなかったですが、前皇帝に関しては？」

「アイツに関しては、私はなにもしていないわよ。正直、子供を作ってみたかったから顔で選んだだけで、アイツ自身はたいして好みじゃなくて、興味もなかったしね」

前皇帝は馬車の事故でこの世を去っており、そこに不自然な点はなにひとつない。しかし、リスティアがその気になれば事故に見せかけて始末するのも可能だと、そうクリスは考えていた。

しかし、同時にいまリスティアが語った言葉に嘘はないと確信している。もし仮にリスティアが、前皇帝を殺害したとしたのなら、前皇帝はもっと悲惨な最期を迎えていたはずだから……。

「……ところで母上、せっかくの機会なので別件でも助言を賜ってもよろしいですか？」

「うん？　今度はなにかしら？」

「ええ、じつはミヤマ様との手紙のやり取りなのですが、私はそれなりにアプローチしているつもりなのですが、どうにも反応が薄く……どうしたものかと」

「アプローチ？　クリスちゃんが、自分で？　……その手紙の現物ってあるかしら、ちょっと見てみたいんだけど」

「下書きが残っているので、取ってきます」

クリスの告げた新しい相談を聞いて、リスティアは怪訝そうな表情を浮かべた。というのも彼女から見て、クリスは淫魔の血を引いているとは思えないほど色恋沙汰には疎いイメージがあり、そんな彼女がアプローチをしていると言ってもにわかには信じられなかったからだ。

手紙の下書きを取ってくるために一度部屋から出ていくクリスを見送りながら、リスティアはふと先ほどの娘との会話を思い出していた。

(そういえば、前皇帝の件……私はなにもしてないけど、『ほかの連中』はわからないわね？　モロク辺りが始末したって可能性は……なさそうね。アイツは小心者だったし、『シャルティア様』が処分対象と判断するような、大それたことはできないでしょうからね)

クリスの母、リスティア・アスモデウス……彼女にはじつはもうひとつ別の顔が存在する。それは、幻王配下の幹部である十魔の一角……『リリム』というコードネームを与えられ、すべての淫魔の頂点に君臨し、『嘲笑する悪夢』と称される伯爵級最上位の魔族だ。

前皇帝の事故死に同僚や上司が関わっているかもしれないと一瞬だけ考えたが、そもそもシャルティアが処分対象と判断するレベルの存在であれば、もっと悪名高く……自分好みだったはずだと結論付け、すぐに気を取り直して愛娘の帰りを待った。

しばらくして律儀にいままでの手紙すべての下書きを持ってきたのか、かなりの枚数の紙を持って戻ってきたクリスに苦笑する。

そしてその紙の一枚を手に取って目を通し……呆れ果てたような表情で額に手を当てた。

「……母上？」

「……クリスちゃん、これ、ギャグとかじゃなくて、真面目に書いて送ったの？」

「え、ええ……」

「そう……我が娘ながら、ここまでとは……」

リスティアは一度天を仰ぐように天井に視線を向けてから、クリスに視線を戻して説明のために口を開いた。

「まず簡潔に言うわね。あくまで私の予想だけど……このアプローチ？　読み飛ばされてるわよ」

「……え？」

リスティアが告げた言葉を聞き、クリスは珍しく驚愕したような表情を浮かべた。そう、快人がもしかしてと予想した通り、クリスが手紙の冒頭に毎回書く歯の浮くような愛の言葉は、別にからかったりしているつもりはなく真面目に書いていた。

「これ、たぶんだけど、本か演劇か、その辺りを参考にしたでしょ？　というかほぼ流用してるんじゃない？」

「は、はい……その通りですが」

「その手のお芝居や物語の愛の言葉なんてのは、全部が全部とは言わないけど、盛り上げるために大袈裟になってるものなのよ。そしてなにより、ほかの部分と温度差がありすぎて、このアプローチ部分は冗談にしか見えないのよ。なんていうのかしら、クリスちゃんらしくない、取ってつけたような台詞って感じね」

「……な、なるほど」

説明をしつつ、リスティアは快人からクリス宛に届いた手紙も見て、一度軽く首を傾げる。

「……というか、この相手もよくいままで一度もツッコミ入れなかったわね。からかわれてるとか思ってもよさそうなのに……まぁ、ほかの文章を見る限り根っからのお人好しっぽいし、あえて触れていないんでしょうね」

そこまで告げたところで、リスティアは手紙をテーブルの上に置き、なにやら考えるような表情を浮かべた。

（……イルネスって、確かパンデモニウムの本名じゃなかったかしら？　異世界人と一緒にフラワーガーデンに行った？　シャルティア様の指示……ではないわよね。今度、話聞いてみようかしら……）

「……母上？」

「あっ、ごめんなさい。それで、アドバイスなんだけど、とりあえずアプローチはクリスちゃんの性格を考えると、もっと控えめな方がいいわね。例えば……」

リスティアは意外なところで目にした同僚の名前に若干戸惑いつつも、最愛の娘にアドバイスをするべく口を開いた。

＊＊＊＊

　フラワーガーデンに行った件の手紙を送って数日後、クリスさんからの返事の手紙が俺のもとに届いた。こっちからアルクレシア帝国まで届く時間を考えると、返事がくるのがやたら早い気がするが……もしかしたら転移魔法的なアレで手紙を送ったりしているのかもしれない。

「あれ？」

　封を切って手紙を読み始めると、思わずそんな言葉が口から零れ落ちた。というのも、いつもであれば恒例とも言うべき冒頭の歯の浮くような芝居がかった愛の言葉が書かれておらず、クリスさんらしい丁寧で落ち着いた印象を受ける挨拶から始まっていたからだ。

　少し違和感を覚えつつも、むしろいつもより読みやすいぐらいなので気にせず読み進める。内容としてはフラワーガーデンを楽しんでもらえてよかったというものや、六王祭が楽しみですねといった世間話的な感じだった。

　最近では飾り文字にも慣れてスラスラと読み進めることができて、それほど長い手紙ではなかったので数分で最後までたどり着くと……そこにはこんな文が添えられていた。

『こうしてミヤマ様のことを考えながら手紙を書いていると、楽しさと共に少しの寂しさも感じます。手紙でのやり取りも素敵ですが、偶には顔を合わせて話がしたいと、そんな風に思ってしまいます。最近、よい茶葉を手に入れました。もし、貴方の都合がいい日があれば、教えていただけるととても嬉しいです』

それは少し遠回しではあるが、遊びに来ないかという誘いのようにも見えた。クリスさんらしい丁重な言い回しながら、優しい気遣いも感じられて……なんというか、変にくすぐったいような感じだった。

今回チケットとかいろいろお世話になったし、手紙でお礼を伝えるだけじゃなくて直接会ってお礼を言うのもいいかもしれない。その際にはなにか、美味しい菓子を持参していくことにしよう。

それにしても、なんか少しクリスさんの手紙の雰囲気が変わった気がする。けど、違和感があるような感じではなく、無理をしていないというか……以前のものよりクリスさんらしいと、そんな気がした。

閑話　静空のオズマは語らない

アルクレシア帝国首都。大通りの端にひっそりと建つ小さな喫茶店。

カウンター席とふたつのテーブル席しかなく、お世辞にも広いとは言えない店内には店主とひとりの客だけ。

ボサボサの髪に無精ひげ、シワだらけでだらしない灰色のトレンチコートの男性……オズマは、カウンター席に座り、のんびりとコーヒーを飲んでいた。

「……ん～やっぱりここのコーヒーはいつも美味しいねぇ～」

「ありがとうございます……ってそれはいいんですけど、おじ様？　ひげぐらい剃ったらどうなんですか？」

「いや～あはは、おじさんは面倒臭がりでね」

「……もぅ」

カウンターに立つ百三十cmほどしかない小柄な少女……ドワーフ族である店主は、父親の代からの常連であるオズマにやや呆れた口調で話しかける。

その言葉を聞いて、バツが悪そうに髪をかきつつ、オズマはのんびりと言葉を返す。

「いや～それにしても、本当に腕が上がったね」

「まだまだお父さんには敵いませんけどね」

「う～ん。前の店主には前の店主の、お嬢ちゃんにはお嬢ちゃんの良さがあるよ」

「そんなこと言って、おじ様本当に味わかってるんですか？」

「いや、あはは……一本取られたね」

普通の客に対してであれば無礼な口調だが、オズマと付き合いの長い少女にとってはいつも通りだ。

オズマは苦笑を浮かべつつ、ぼんやりと自分以外に客のいない店内を眺める。

「……経営、大変かい？」

「……まぁ、嘘でも儲かっているとは言えませんけど、赤字ってほどじゃないですよ。おじ様みたいなもの好きな常連さんもいますしね」

「そっか……おや？」

「え？」

早くに両親を亡くし、小さな体で店を切り盛りしている少女を心配するように告げるオズマに、少女は明るい笑みを浮かべて答える。

その言葉に優しげな微笑みを浮かべようとしたオズマだが、直後になにかの気配を感じ取ったのか入口の扉へと視線を向ける。

それに釣られて少女も視線を動かすのとほぼ同時に、店のドアが荒々しく開かれ、数人の柄が悪そうな男が入店してきた。

「……また、貴方たちですか……」

「へへへ、交渉に来ましたよ。ねぇ、店主さん？」

「何度来られても、この店を手放す気はありません！　ここは父から受け継いだ大切な店です！」

「それはそれは、しかしねぇ……女手ひとつじゃ大変でしょ？　『なにが起きるかわからない』ですしねぇ」

「っ⁉」

下卑た笑みを浮かべる男を見て、少女は少し怯えた様子で後ずさるが、それでもキッと強い目を男たちに向ける。

一触即発……そう表現していいほどの、ピリピリとした空気……それを破ったのは、カップが地面に落ちる音だった。

「おおっとっ⁉」

「おじ様⁉　だ、大丈夫ですか？」

「あちゃ～零れちゃったよ……」

「待ってください！　いまタオルを……」

コーヒーの入ったカップを落とし、大きな染みの出来たコートを見て、情けない表情を浮かべるオズマ。

……その姿に毒気が抜かれたのか、それとも人目のあるいまの時間帯を避けるつもりなのか……男は軽く舌打ちをしてから背を向ける。

「ちっ……また来ますよ」

吐き捨てるような言葉と共に手下らしき者たちを連れて、男は店から出ていった。

少女から受け取ったタオルで染みを拭きつつ、オズマはその背中をいつも通りの表情で見つめる。

「もぅ！　おじ様、気を付けないと駄目じゃないですか……」

「あはは、いや～ごめんごめん。つい手が滑ってね……それにしても、ずいぶん荒々しいお客さんだったね～よく来るのかい？」

「……ええ……悪い評判ばかり聞く商会に雇われた『地上げ屋』ですよ。この土地が欲しいそうです」

「ふ～ん。どこにでもいるもんだね、そういうのは……大丈夫かい？」

「大丈夫です！　この店は、お父さんが大事にしてた店ですから、誰が来たって手放す気はありませんよ」

小さな体で気丈に振る舞う少女だが、その肩は小さく震えていた。

しかし、オズマはそれに気付かない振りをしつつ、ポケットから硬貨を取り出してカウンターに置く。

「そっか、いろいろ大変だとは思うけど、がんばってね。困ったら大人を頼るんだよ？」

「こ、子供扱いしないでください！　大丈夫です！」

「ははは、そうかい？　それは余計なお世話だったね」

「……ありがと――って、おじ様⁉　待ってください！　これ、金貨じゃないですか⁉　おつりを……」

「ああ、割っちゃったカップ代だよ。気にせず受け取っときな……」

「いやいや、それにしても多すぎますって⁉」

「じゃあ、また来るね～」

「あっ、ちょっ⁉」

少女の抗議は無視して、緩く手を振りながらオズマは店を後にした。

＊＊＊＊

すっかり日が落ち、月明かりに照らされた裏路地。例の喫茶店からほど近いその場所には、今朝がた喫茶店を訪れた地上げ屋の男とその手下が集まっていた。

「……へへへ、本当にやっちまうんですか？」

「ああ、あんな小さな店に長い時間なんてかけてられるかよ」

「それで、体に交渉するってわけですかい……楽しみですね」

「なんだ？　てめぇ、あんなガキみてぇな体の女がいいのか？　まぁ、好きにしろ。あの女はこれから『行方不明』になるんだから、持ち帰りたきゃ持ち帰れ……ただし、捨てる時はちゃんと処理しろよ？」

「へへへ、わかってますよ」

いやらしい笑みで話しかけてくる手下に答えながら、男もニヤリと笑みを浮かべる。

そう、彼らは力ずくであの喫茶店を奪うことに決めた。店主はドワーフ族の少女ひとり、彼らにしてみればどうにでもできる相手……。

その考え自体は間違いではない。確かにあの少女には男たちの暴力に抗う術はない……そう、あの少女には……。

「う～ん。おじさんは、そういうのあまり好きじゃないかな？」

「なっ⁉」

裏路地に静かに響く声。男たちが慌てたように視線を上げると、その先には小さな……煙草の火が見え、オズマがゆっくりと姿を現した。

「おじさんさ、がんばってる子が結局暴力にやられちゃうような……そんな、バッドエンドは嫌いなんだよね。やっぱり、幸せなハッピーエンドがいいよね～」

「だ、誰だテメェは⁉」

「う、う～ん。おじさん、結構有名なつもりなんだけど……いや、あのお嬢ちゃんもそうだけど、なんで誰も気付いてくれないのかな？　覇気かな？　やっぱり覇気が足りないのかな？」

「……ちっ、おいテメェら！　その邪魔なオヤジをさっさと始末しろ！　騒ぎになったら、面倒だ」

飄々とした様子で話すオズマに、男は苛立ちながら舌打ちをして、手下に指示を飛ばす。

もちろん、男はオズマを見逃す気などなかった。見られてしまった以上、始末する……それは、本当に……愚かな選択だった。

「死ね！」

「こらこら、そんな気軽に死ねなんて言うもんじゃないでしょ……っと」

「なぁっ⁉　がはっ⁉」

ひとりの手下がオズマに向けて湾曲刀を振り下ろすが、オズマはゆっくりとした動きで体を反らして、その一撃を軽々と回避する。

しかも、それだけではない。オズマは男の手下が振り下ろした……剣を握る手に自分の手を添え、クルッと捻るように回転させる。

たったそれだけで、手下の体は縦に回転し、背中から地面に叩きつけられた。

異世界の日本では合気と呼ばれる技術。相手の力を利用したその流れるような一撃は、美しさすら感じるものだった。

オズマは背中を強く打ち付けて悶える男の手下を一瞥し、口から煙草の煙を吐く。

「……やめといた方がいいんじゃないかな？　おじさん、結構強い……」

「くそっ！　なにしてやがる！　さっさと始末ねぇか！」

「お～い、年長者の話はちゃんと聞こうね……」

男の怒声と共に、複数の手下が一斉にオズマに向かう。右と左から同時に振られる湾曲刀、オズマはその刀を指で摘み、軽く引き寄せる。

そして体勢が崩れて前のめりになったふたりの男の首筋に、軽く手刀を落として意識を奪い、続けて迫る刃の腹を掌で弾いて受け流す。

次々に迫る男の手下をのんびりと眺めつつ、オズマは口元に小さく笑みを浮かべた。

見る人が見れば、それはあまりに無謀な光景。男の手下は精々十数人……それではどうにもならない。

「ひっ、ぁっ……」

「おじさんはさ、こう見えて結構優しいよ？　別に殺したりはしないから、安心して欲しい」

気を失い地面に横たわる十数人の配下を見つつ、男は怯えた表情でオズマを見つめる。

オズマは優しげな微笑みを浮かべたままだったが、その灰色の瞳は深く鋭い威圧感を放っていた。

「けど、うん。ちょっと、おじさんのお願いをひとつ聞いて欲しいかな」

「お、おね……がい？」

「うん。いや、大したことじゃないよ。『君に今回のことを依頼した相手』に、おじさんちょっと話したいことがあるんだよね。だから、ね？　案内してくれるかな？」

「……ぁ、ぁぁ……ぅぁ……」

月明かりだけの薄暗い路地、男の目の前にいるのは圧倒的な強者……選択肢など、男には用意されていなかった。

＊＊＊

窓から朝の日差しが差し込む喫茶店。そのカウンター席には、いつものようにオズマの姿があった。

「……というか、おじ様？」

「うん？」

「なんで、コート新しくしたのに、シワだらけのままなんですか⁉」

「あ、あはは……いや～、一纏めにして放り投げてたのが悪かったのかなぁ……」

「もぅ、相変わらずだらしないですね」

「あはは、手厳しいね」

のんびりとした穏やかな会話を楽しみつつ、オズマは煙草を取り出して火をつける。

その様子を呆れながら眺めていた少女は、ふと思い出したような表情を浮かべて口を開いた。

「そういえば、おじ様。前にうちの店を寄こせって言ってた商会なんですけど……なんでも、不正の証拠が見つかったとかで解体になったらしいですよ。お陰でうちに来てた地上げ屋も、来なくなりました」

「そうなのかい？　まぁ、後ろ暗いことをしてればいつかそういうことになるよね」

「ええ、ひと安心しました」

「うんうん、よかったね。やっぱり、がんばってる子には運も味方してくれるもんだよ」

「って、なんで頭を撫でるんですか⁉　子供扱いしないでくださいよ‼　私はもう二十歳なんですよ！」

「あはは、おじさんから見れば、まだまだ子供だよ……コーヒー、おかわり」

「もぅっ……」

リスのように可愛らしく頬を膨らませ、コーヒーを淹れに行く少女を、オズマは穏やかな微笑みを浮かべながら眺める。

オズマは、なにも言わない。地上げ屋の男たちの顛末も、その後に行った商会との『交渉』も……恩着せがましく、己の功績を語ることはない。

なぜなら……。

「はい、コーヒーのおかわりです」

「ありがとう。うん、やっぱりここのコーヒーは美味しいね」

「ふふふ、当然ですよ。だって私が真心を込めて淹れて……って、だから！　頭を撫でないでくださいよ!!」

この、いつもと同じコーヒーの味こそが、彼にとってはなによりの報酬だから……。

第五章　機械仕掛けの神の助言

火の二月六日目。俺は魔界にあるリリウッドさんの居城を訪れていた。

忙しいところに申しわけないとも思ったが、ひとつ提案したいことがあったので、事前にハミングバードを送ってから訪れた。

リリウッドさんの配下に案内された居城の大広間で、ひとりポツンと待っていると、少しして扉が開きリリウッドさんがやってきた。

『お待たせして、申しわけありません』

「あ、いえ、こちらこ……そ？」

声の聞こえた方へ顔を動かし、リリウッドさんの姿を見て……リリウッドさんが滅茶苦茶疲れているということが理解できた。

なぜか、なんて考える必要もない……だって『枯れてる』から、髪が……いや葉っぱが……。

いつもは深い緑色の葉っぱが幾重にも折り重なり形を作っているリリウッドさんの髪が、いまは『茶色』になっていた。

いや、まぁ、茶髪は茶髪で似合ってはいるけど……それを抜きにしても、げっそりとした表情だ。

「……えと、リリウッドさん……大丈夫ですか？　その、えっと、枯れてますよ？」

『え、ええ、お見苦しいところを……私は極度に疲労すると葉の色が枯れたように変わるんです。

疲労が抜ければ元に戻りますが……』

「お、お疲れなんですね」

『……はい。疲れています』

普段なら「いえ、そんなことはありませんよ」とか言いそうだけど、もはや取り繕う余裕もないらしい。

なんというか、想像以上に大変そうなリリウッドさんを見て、話そうと思っていた内容が中々口から出てこない。

するとリリウッドさんの方から、助け船を出すように声をかけてくれた。

『……なにか話したいことがあるとハミングバードに書かれていましたが、どうかしましたか？』

「あ、はい……えっと、その、別に直接会う必要があったわけではないんですけど……ひとつ提案が」

『提案、ですか？』

そう、実際はハミングバードでも十分な内容なんだが、リリウッドさんの様子が気になったので直接会ってみることにしただけだ。

しかし、想像以上に疲労しているリリウッドさんを見ると、それが非常に申しわけなくなってきた。やっぱりハミングバードで済ますべきだったか……いや、もうここまで来てるんだし、早めに用件を伝えよう。

「えっと……例えば、ですよ？　俺がアイシスさんをデートに誘って……そうですね。一日ぐらいリリウッドさんがフリーになった場合って、助けになったりします？」

『……』

「あっ⁉　いえ、別にアイシスさんを騙そうってわけじゃないですよ！　デートしたいのは本心ですから……ただ、逆に不都合があったりしてもいけないので、いちおう確認をと……」

『……カイトさん』

「あ、いえ、勿論無理にとは……あくまで、提案です」

俺がアリスからリリウッドさんの現状を聞いて思いついたのは、一日アイシスさんと過ごすことで、リリウッドさんの負担を減らそうという案だった。

まぁ、俺がアイシスさんとデートしたいっていう願望もあるので、善意百％というわけではないが……。

俺はアイシスさんとデートができて嬉しく、リリウッドさんは作業に集中出来て嬉しい、さらにアイシスさんに楽しんでもらえればアイシスさんも嬉しいと、そんな一石二鳥ならぬ一石三鳥を狙った策。

しかし、俺の提案を聞いたリリウッドさんは顔を俯かせ、プルプルと震え始めた。

もしかしたら余計なお世話だったかもしれないと、少し慌てつつ提案だけだと伝えようとすると……リリウッドさんの両手が俺の後頭部に回り、思いっきり抱き締められた。

『あ、ありがとうございます！　わ、私の味方は貴方だけです‼』

「むぁっ⁉　り、リリウッドさん、ま、待って……」

胸に顔を埋めるという比喩ではなく、現在俺の顔は本当に胸に埋まっている。

リリウッドさんの大変豊満なバストは、俺の顔を挟み込み、鼻と口の隙間を形を変えて塞いでくる。

マシュマロのような柔らかい弾力に、温かい体温……それを幸運と思うより先に、呼吸ができないという悲劇が襲ってきた。

『うあぁぁぁ、も、もう、本当にいっぱいいっぱいだったんです……アイシスは、がんばろうとしてることだけは凄く伝わってくるので、あまり強く邪魔だとも言えませんし……ほかの六王たちは、アイシスのことは全部私に丸投げ……もう、私に味方なんていないと思っていました!!』

「まっ、ま……くるし……いき……」

必死にその巨大な胸から逃れようともがくが……メギドさん曰く「スライム以下」の俺が、リリウッドさんの抱擁を引き剥がせるわけがない。

前にも胸、右にも胸、左にも胸……顔全体が胸に圧迫され、二重の意味でクラクラしてきた。

しかしそんな俺の声は、感極まっているリリウッドさんには届かず……リリウッドさんは手を緩めるどころか、より強く抱擁してくる。

『アイシス抜きで一日あれば、ほとんどの作業を終わらせられますぅぅぅ！　本当に、本当に、ありがとうございます！』

「……む……むね……溺れ……」

『……おや？　カイトさん？』

「……」

『え？　あ、も、申しわけありません！　カイトさん、しっかりしてください！　カイトさん!!』

柔らかく温かで、生命の息吹を感じる豊満な……胸の大海……飲み込まれた俺を待つのは、胸に溺れて気絶という情けない結末だけ。

俺に呼びかけるリリウッドさんの慌てたような声を微かに聞きながら……俺は意識を手放した。


『……本当に申しわけありませんでした』

「い、いえ、だ、大丈夫です」

今日、この日、俺の心の黒歴史《ブラックヒストリー》に新たな一ページが刻まれた。

胸に呼吸を圧迫されて気絶……巨乳とは兵器である。いや、本当に……。

『……それにしても、本当に助かります。なんとお礼をしていいか……』

「そんな、お礼なんて……俺はあくまで、大切な恋人とデートがしたいだけですから」

『……アイシスが、少し羨ましいですね』

「……え？」

『いえ、なんでもありません。カイトさん、ひとつお願いをしてもよろしいですか？』

「え？　ええ、どうぞ？」

穏やかな微笑みを浮かべながらお願いがあると言ってくるリリウッドさんに、俺は首を傾げながらも頷く。

なんだろう？　リリウッドさんのことだから、変なお願いってわけじゃないだろうけど……。

『六王祭……よろしければ、私が主催の祭りの日に一緒に回っていただけませんか？』

「……へ？　あ、えっと、はい。それは構いませんが……」

『ありがとうございます。では、今回のお礼はその時にでも……』

「い、いや、だからお礼とかは……」

『いえ、それでは私の気が済みません。我儘と思われるかもしれませんが、溜まりに溜まった貴方への恩を、少しでも返させてください』

「……は、はぁ、まぁ、リリウッドさんがそうおっしゃるなら……」

『はい。それでは、楽しみにしていますね』

アリスから聞いた話だと、六王祭に関してリリウッドさんは、俺が了承すれば一緒に回るのもやぶさかではないと言っていたみたいだし、律儀な彼女らしくこの機会に確認をとったってことかな？

う～ん。まぁ、俺もリリウッドさんと回るのは楽しそうだと思うし、ふたつ返事で了承した。

こうして六王祭に関して、すでに俺の意思とは関係なく決定している予定に加え、リリウッドさんと回ることが決まった。

それにしても、まさか、人生において胸が原因で気絶するとは思わなかった。いや、なんだろう？思い出すと結構恥ずかしくなってきた気がする。本当に、いろいろな意味で――巨乳は兵器である。

＊＊＊＊

火の二月七日目。そういえばひとつ前の月の話ではあるが、最近リリアさんから面白い話を聞いた。なんでも前月の光の月というのはもともとは『地の月』という名前だったらしい。

一年の真ん中が地の月、一年の終わりが天の月という感じだったんだが、初代勇者の功績を称えるということで、地の月から光の月へと名前が変わったらしい。

まず、間違いなくノインさんは悶絶したことだろう。自分の名前が暦になるなんて、投身ものの恥ずかしさだと言える。

なぜいまそんなことを思い出したかというと、現在俺は初代勇者であるノインさん縁の地へと向かっているからだった。

「……カイト……大丈夫？　……疲れて……ない？」

「大丈夫ですよ。今日はいい天気ですし、気持ちいいですね」

「……うん……晴れててよかった……雨だったとしても……『雲消し飛ばした』……けど……晴れて……嬉しい」

「そ、そそ、そうですね⁉」

サラッと雨天の場合は雲を消し飛ばしてたと告げるのは、俺と手を繋ぎながら歩くアイシスさん。

そう、昨日リリウッドさんに提案した通り、今日はアイシスさんとデートすることになり、一緒に出かけていた。

六王祭の準備があると言って断られる可能性も考えてはいたが……ハミングバードを送ったら、二秒で「行く」と返事が来た。

そして現在はふたりで、王都からは少し離れた高原をのんびりと歩いている。

今回の目的は、以前アイシスさんと約束した思い出の収集……本に出てきた場面に実際に行ってみて、記念品を持ち帰ること。

アイシスさんはいろいろと希少な品も採取していたみたいだが、今回は俺が初めてということで、比較的簡単に手に入るものを取りに行くことになった。まぁ、早い話がピクニックみたいな感じだ。

目的の品は初代勇者の冒険が書かれた本に載っていた花で、以前クロとのバーベキューで見た、ライトツリーに近い性質を持ち、夜になったら発光する「ナイトフラワー」だ。

この花は日当たりのいい高原によく群生しているらしく、見つけるのは簡単らしい。

「……カイト……今日……お弁当……作ってきた……あとで……一緒に……食べよう？」

「おぉ、それは凄く楽しみです。ありがとうございます」

「……ふふふ……うん……どういたしまして」

今日は白を基調としたデザインで、フリフリのいっぱいついたゴシックドレスを着ているアイシスさんが、俺の言葉に嬉しそうに微笑む。

その可愛らしい笑顔に癒されつつ、急ぐわけでもないのでのんびり雑談を交えながら歩いていく。

「そういえば、六王祭の準備、いろいろ大変みたいですけど、疲れてないですか？」

「……うん……大丈夫……私は……もの作りは……上手じゃないから……リリウッドたちに迷惑か

けてる……けど……いっぱいがんばる……カイトにも楽しんでもらえるように……がんばる」

「な、なるほど……が、がんばってください！　応援しています！」

「……うん！」

あれだ、俺はいまリリウッドさんの気持ちがよくわかった。この健気な感じ……文句なんて言えない。

アイシスさんが一生懸命がんばろうとしているのは、それはもう痛いほど伝わってくるし、こういう行事に関われるのが嬉しいという気持ちもわかる。

俺は、心の中でリリウッドさんの冥福を祈りつつ……アイシスさんを遠回しに説得することは諦めた。

「……ふふ……」

「アイシスさん、楽しそうですね？」

「……うん……カイトとデート……楽しい……会話も……見える景色も……なんでもないことが……全部……全部……幸せ」

「……アイシスさん」

あぁ、もう！　なんでこの人はこんなに可愛いかな！　そんな幸せそうに笑われたら、反射的に抱き締めたくなってしまう。

というか、うん。別に恋人なんだしそれぐらいいいよね？　セーフだよね？　うん、セーフだ……抱き締めよう。

「……あっ」

「……」

「……カイト?」

「あっ、すみません。つい……」

「……ううん……嬉しい」

強く抱き締めれば折れてしまいそうな、華奢なアイシスさんの体をすっぽりと腕に納める。

アイシスさんは特に抵抗したりすることはなく、むしろ幸せそうに頬を赤くして俺に微笑みかける。

なんでもないことが幸せ。確かに、アイシスさんの言う通りだ。

アイシスさんの些細な仕草ひとつひとつが、どうしようもなく愛おしい。

抱き締める俺の手にそっと手を添える仕草も、こてんと頭を俺の胸に当ててくる仕草も、可愛らしくてたまらない。

「……アイシスさん」

「……カイト」

そのまま美しい赤い瞳を見つめながら名前を呼べば、アイシスさんは俺の名前を呼んで目を閉じる。

それがごく自然なことのように、俺たちの唇は触れ合い、互いの幸せだという思いと愛情を伝え合う。

なお、このあとも似たようなことをしてたびたび立ち止まり、進行が大幅に遅れたのは言うまでもない。

途中でお昼休憩を挟みつつ、ことあるごとに立ち止まっていたので、予定よりかなり遅れてナイトフラワーの群生地に到着した。

辺り一面に広がる色とりどりの花々……まるで、花の絨毯のように見えるその場所で、俺はアイシスさんの肩を抱きながら座っていた。

「……昼に見ると、普通の花って感じですね」

「……うん……でも……暗くなると……すごく……綺麗」

「なるほど……どうします？　日が落ちるまで数時間ってところですけど……」

「……カイトが……嫌じゃないなら……しばらく……こうしてたい」

「ええ、もちろん。喜んで」

俺の肩に頭を乗せながら、甘えるように囁くアイシスさんの声。周囲を花に囲まれたこの場所で、こうして並んで座っていると、本当にいい雰囲気って気がする。

アイシスさんも同じ気持ちみたいで、時間を惜しむように俺の手に自分の手を重ね、指を絡めながら体ごともたれかかってくる。

鼻孔をくすぐる花の香り、少し視線を下げればアイシスさんの綺麗なうなじがドレスの隙間から見えて、妙にドキドキする。

しかしそのドキドキも、決して居心地が悪いようなものではなく、なんていうのか、胸の奥から痺れるような温かさが湧きあがってくる感じだ。

そのまま俺とアイシスさんは、周囲の花々が夜の訪れと共に幻想的に輝くまで、一時も離れることなくくっついていた。

そして名残惜しみながら、ナイトフラワーを収集し……今日という日の思い出を形に残した。

余談ではあるが、「……カイトと一緒に作った思い出……凄く……嬉しい」とはにかむアイシスさんがあまりにも可愛らしく、再び抱き締めて深くキスを交わした結果、想像以上に帰宅が遅くなったのはご愛敬だ。

＊＊＊＊

快人とアイシスがデートを楽しんでいる頃、少し離れた場所で大きめの岩に腰かけたアリスは、心の中でとある人物と会話をしていた。

(……なるほどな。確かにそういう経緯であれば、ミヤマカイトは動くか……であれば、早いか遅いかの違いこそあれ、その件に関しては起こりうるということか)

(ですねぇ。六王祭より前になるかあとになるかはカイトさん次第ですけど、起こること自体はほぼ確定。あとは切っ掛け次第ってところですね。まぁ、すでにいつでも動けるように準備は終えてますし、あとはタイミングを待つだけですよ)

アリスが会話している相手は、己の心具に宿る親友……イリスである。ふたりはそう遠くないうちに起こりうるであろう魔王に関わる一件についての話し合いをしていた。

（しかし、なんというか……やはり、貴様が敬語口調なのは違和感があるな）

（もうこの口調で数万年生きてるんですから、いまはこっちが素なんですよ。早いとこ慣れてください。というか、私の方もひとつ聞いていいですか？）

（うん？　なんだ？）

（……イリス、夢の中でしか話せないとか、そんなこと言ってませんでしたっけ？）

（それなのだが、正直我にもよくわからん）

心具に宿るイリスと会話を行うことができるということ自体は悪いことではなく、むしろアリスにとっては喜ばしい事態だ。しかし、再会した時のイリスの説明と食い違っており、それに疑問を抱くのも当然と言えた。

しかし、問題はその疑問に対する答えを……イリスも持ち合わせていないということだった。

（正直、魂を心具に移すなどと聞こえのいいことは言ってみたが、所詮神でもない人間が組み上げた術式、完璧とはほど遠い出来であった。せいぜい、心具に魂の欠片を縫い付けることに成功した程度……と、そう思っていたのだがなぁ……）

（まぁ、ほかに前例があるわけじゃないから、不確定要素があるのも仕方ないと言えば仕方ないんですがね）

（だがいままでとは感覚が違うのだ。これまでは、心具の中から様子を見ていたと言っても、意識

は途切れ途切れ……いわば眠ったり起きたりを繰り返していたようなものだった）

（だけど、いまは意識がしっかりしてる？）

（あぁ、お前の意識が薄い時に話しかけるのが限界と思っておったが、いまこうして普通に話せている。想定よりいい結果なのだから、これでいいとも思うが……どうにも解せんな）

イリスの説明を聞き、アリスは顎に手を当て思考を巡らせる。やはりどうにも不可解な部分は存在するが、だからといってほかに判断材料もなく結論を導き出すことができない。

そもそも心具に宿るという現在のイリスの状態が前例がまったくないものであり、多くの部分を推測で補うしかないのも難しいところだった。

（……イリス、なにか切っ掛けみたいなものはなかったですか？）

（う～む、これと言って思い当たる節は……いや、そういえば、お前と夢の中で話したあと意識が薄れていく際に『カチッ』という音が聞こえた気がした）

（音、ですか……う～ん、それだけじゃなんとも言えないですね。仮にイリスの現在の状態が、なんらかの外的影響を受けた結果だとしても不可解です。私に気付かれないようにそんな常識外れな現象を起こすなんて、シャローヴァナル様でも果たしてできるか……いえできたとしても、わざわざソレを行う動機がありません）

もしシャローヴァナルが、アリスに気付かれないように彼女の心たる心具に干渉できたとしても、わざわざソレを実行する理由がない。

（う～ん、これは考えても答えは出なそうですね。私としてはあまり好きな結論ではないですが、

偶然奇跡的にイリスの術式が上手くいったと、そう思うしかなさそうですね)

(そうだな。楽観視すべきではないが、現状こちらに不都合はない。なれば、考えすぎるというのも悪手か……警戒心だけは持ちつつも、受け入れるのがよさそうだな)

(ですねぇ。まぁ、ともかくイリスの意識がハッキリしてるなら、それはそれでいろいろとできそうなことも多いですし、むしろありがたいですね)

(やれやれ、なにを企んでいるのか……ほどほどにしておけよ)

(はいはい。まぁ、とりあえずそれはあとで考えるとして、先にフィーアさんの件ですね。準備は終わってますが、想定は可能な限りしておいた方がいいですし、もう少しパターンを考えておきますかね)

心の内で親友と相談をしながら、アリスは終始笑顔だった。なんとなく昔に戻ったような、そんなイリスとの会話が酷く楽しかったから……。

＊＊＊

気が付くと、俺は奇妙な場所に立っていた。周囲には青空が広がり、まるで空中に浮いているかのような光景。足元は鈍い光沢の……なんだろうこれ？　巨大な歯車？

半径二十mほどの横向きになった歯車だけがぽつんと空に浮かんでおり、その上に俺が立っている、そんな状態だった。

なんでこんな場所にいるんだろうと考えてみても、夜に布団に入って眠りに就いた覚えしかない。となると、夢だろうか？　確かに不思議な光景なので夢と言われるのがしっくりくるのだが、どうにも足元の歯車の硬さとか、頬を撫でる微かな風とか……やけにリアルで夢っぽくない。

もしかして、シロさんとかの仕業だろうか？　いやでも、いままでと感じが違い過ぎるというか、もしシロさんが原因ならすぐに話しかけてきそうなものだ。

そんなことを考えていると、突然目の前に複数の金属の板のようなものが出現し、それが綺麗に並ぶと……空中に階段が出来上がった。

上れってことだろうか？　ますます意味がわからないが、ほかに道もない。

恐る恐る宙に浮かぶ金属の板に足を伸ばしてみると、板は空中でしっかり固定されており上っても問題はなさそうだった。数歩感覚を確かめるように上ったあとは、少しだけ警戒を解いて階段を上っていく。

しばらく階段を上ると、これはまた大きな歯車が見えてきた。というより突然現れた。ともかくどうやら、そこが目的地らしいので少し足を速めて階段を上り切ると……。

「ふふふ～ん、ふふふ～ん」

そこにはひとりの女性がいた。こちらには背を向けており顔は見えないが、身長は百五十㎝ほどで、長い錆色の髪……ワンピースにカーディガンを羽織ったシンプルな服装だが、特徴的だったのは右肩にある機械の羽。

女性は鼻歌を歌いながら、なにやら棚のようなものにぬいぐるみを並べて……あれ？　あの変に不気味な猫やパンダのぬいぐるみって、アリスの店にあったやつじゃ……。

　そんなことを考えた直後、女性がくるっとこちらを振り返った。とても整った顔立ちの美女であり、その顔立ちにも目を引かれたが、それ以上に印象的だったのが……その虹色の瞳だった。

　女性は真っ直ぐに俺の顔を見て、ニコッと明るい笑みを浮かべながら口を開いた。

「いらっしゃい。いちおう、初めましてって言った方がいいかな？　私の名前はマキナ……君の
──『母だよ!!』」

「え？　いや、違いますけど……」

　困ったぞ、ちょっと状況についていけない。なんで俺はいま初対面の女性にいきなり母親宣言されたのだろうか？　俺にはちゃんと、いまは他界しているとはいえ両親がいるし、顔も忘れていない。

　目の前の女性……マキナさんの顔は母さんとはまったく違うし、実は俺が橋の下で拾われた子供だったとかいうアグレッシブな過去を持っているわけではない。

　というかなんなら、マキナさん自身もいま「初めまして」って言ったよね？　そのうえで、母っていったいどういうこと……。

「あっと、ごめんごめん。混乱させちゃったね。そういう血縁的な意味じゃなくて、もっと広義の意味だよ」

「は、はぁ……」

「君は私が創造した世界で生まれた子だからね。だから、私にとっては我が子ってわけだね！」

そう言って苦笑するマキナさんだが……え？　それってつまり、マキナさんはシロさんみたいな世界創造の神様で、俺のいた世界を造った存在ってことだろうか？

……あれ？　なんだろう？　なんかそんな話を、少し前にも聞いた気がするのに、思い出せない。なんだこのモヤモヤする感じは……。

「ああ、ここでは『そっちの世界の私』のことは思い出せないようにしてるからね。その違和感でモヤモヤしてるんだろうね」

「……えっと……」

「まぁ、疑問に思う気持ちもわかるけど、こっちにもいろいろ事情があってね。簡単に言うと、私はそっちの世界の神……シャローヴァナルといろいろな契約を結んでるんだけど、こうして我が子に話しかけてるのは、契約違反とまでは言わないまでも結構グレーゾーンでね。バレちゃうと文句のひとつも言ってきそうだから、対策してるんだよ」

マキナさんはニコニコと笑いながら、見えない壁を撫でるように手を動かした。すると先ほどまで見えていた景色が切り替わり、どこか高層ビルの屋上のような場所に変わった。

「ちなみに、いまの我が子の状態だけど……普通に寝てるよ。ここには我が子の意識だけを呼んでる感じだね」

「は、はぁ……」

我が子っていうのは、つまり俺のことなんだろうけど……意識だけをここに呼んでいるか……う～ん、確かにマキナさんが世界創造の神様っていうなら、それぐらいはできておかしくないと思う。

だけど、なんだろう、なんだかこの人は不思議な雰囲気だ。

シロさんと初めて出会った時のような非現実感もなければ、アイシスさんやメギドさんに会った時のような威圧感もない。本当に普通の人といった感じだ。

「あはは、それは仕方ないよ。シャローヴァナルにバレないように極力、力は押さえてるしね。それに、もし私が力のほんの欠片でも解放しちゃうと、この空間が圧に耐え切れずに『ぺっちゃんこ』になっちゃうかもしれないからね」

「……」

ぺっちゃんこ？　可愛く言ってるけど、ソレつまりマキナさんの力が強大すぎて、少しでも解放しようものならこの空間が押しつぶされてしまうってことだよね？　なにそれ、怖い。

「あっ、ごめん、怖がらせちゃったかな？　大丈夫だよ。もし仮にそうなったとしても、我が子には傷ひとつ付けないからね。いや、本当はもっと丈夫な空間を作ればいいんだろうけど、そうするとシャローヴァナルに気付かれる危険が増しちゃうからね」

「そ、そうなんですね」

「うん。それに、あんまり過度に我が子と接触してもバレるだろうから、それも駄目だね。本当はいますぐ『愛しい我が子のことをペロペロしたい』のに、我慢しなくちゃいけないのは大変だよ」

「なるほど……」

あれ？　気のせいかな？　いまこの人、ものすごく自然におかしいこと言わなかった？　ペロペロがどうのとか……聞き間違いかな？　聞き間違いであって欲しいな。そして気になるけど、なんか背中に寒気が走るから、深く考えないでおこう。ここはスルーしておかないと、取り返しのつかない事態になりそうな気がする。

「その、それで、マキナさん……あ、いや、マキナ様って言った方がいいですか？」

「ううん、マキナさんって呼んでくれればいいよ。あっ、もちろん母でもいいからね‼」

「……えっと、マキナさんは、どうして俺をこの空間に？」

「うん。まぁ、そこは気になるよね。簡単に言うと、我が子にいろいろ『アドバイス』しようかなぁって思ってね」

「アドバイス、ですか？」

「うん、今回の件じゃ我が子にはいろいろ迷惑をかけちゃったしね。そのお詫びも兼ねて、我が子のこれからについて、少しだけヒントをあげようと思ってね。念のために言っておくけど、答えは教えないよ。それじゃ意味がないからね。いろいろ考えて我が子自身が答えを出すからこそ、意味があるんだ……あと悩む我が子も可愛いから、それが見られなくなるのは惜しいしね」

なんでこの人、ちょいちょい小声で怖いこと言うのかな……なんか一瞬、目のハイライトが消えたようにも見えたんだけど、なんだろうこの、パッと見明るくて優しげな雰囲気なのに、やたら背筋が冷たい感覚は……。

そんなことを考えていると、マキナさんは軽く手を滑らせるように……喩えるなら、大きなタッチパネルをフリックするような動きをした。すると、先ほどと同じように、突然周囲すべての景色が変化した。

高層ビルの屋上から、もう少し低いビルの屋上へ……そこには、いくつかの遊具や小さなステージがあり、一昔前のデパートの屋上といった雰囲気の場所だった。

「ん～風が気持ちいいね」

「え？　あ、そうですね」

「そういえば、我が子はヒーローとか好きかな？」

「ヒーローですか？」

「うん！　ヒーローってカッコいいよね。私は大好きだよ。正義の味方って感じで、カッコいいよね！」

その言葉と共にマキナさんは屋上に設置されているステージを指差す。それに導かれるように俺も視線を動かすと、ステージの上にふたつの存在が現れた。

片や赤い特撮ヒーローのような衣装に身を包んだ存在。片や黒く刺々しい鎧を着こんだ存在。その二者がステージの中央で対峙している。

「さて、我が子に問題です。あそこのふたり、どっちが正義でどっちが悪だと思う？」

「え？　それは……」

「ああ、いちおう言っておくけど、ここで見た目は悪役みたいだけど心は綺麗とかそういう内面的な話はなしだよ。あくまでパッと見た感じの第一印象で、どっちが正義だと思う？」

「……それは、赤い方がパッと見た感じ正義の味方っぽいですね」

深くは考えずに一目見た印象でという話なので、どう見ても特撮ヒーローっぽい方を正義だと告げる。俺の言葉を聞いたマキナさんが頷くと､そのタイミングでステージ上のヒーローが動き､悪っぽい見た目の相手を倒してガッツポーズを決めた。

「うん、そうだね。それじゃあ、これならどうかな？」

マキナさんのその言葉と共にステージ上のふたりが消え、今度は特撮ヒーロー風の見た目の人がふたり現れた。色は片方が白色で、もう片方が黒色。

これならどうかという言葉から推測すると、またどちらが正義でどちらが悪かという問いかけだろうか？

「そう、我が子の考えている通りだよ。今回も内面とかそういうのは気にせず、パッと見た感じの印象でね」

「……う～ん。悩むところですが、印象では白い方が正義っぽく見える気がしますね」

「ふむふむ、なるほど……それじゃ、これなら、どうかな？」

マキナさんの目的はいまいちわからないが、なにかを伝えようとしているのだけはわかる。それがいったいなんなのか、ヒントとはなにに対してのものなのか、頭にいくつもの疑問を浮かべながらステージを見ていると……今度は、赤と白の特撮ヒーローが向かい合う形でステージ上に登場した。

これは、難しい。どちらも先ほどまで俺が第一印象で正義だと思ったヒーロー……先ほどまでのようなわかりやすい見た目の特徴も、暗めの色合い等の差もない。

「これは、ちょっと……正直どちらとも言い難いですね」

「なるほど、確かにこれは難しいね。それじゃあ、正解を教えるね……『勝った方』だよ」

「……」

マキナさんのその言葉と共に、赤いヒーローが白いヒーローを倒す。すると、赤いヒーローの周りには多くの人が集まり、白いヒーローはひとりぼっちで項垂れていた。

「我が子はさ、勝者が正義って言葉は聞いたことがあるかな？　私さ、アレは間違いじゃないと思うんだ。客観的な部分で判断できないのなら、なんらかの別の要因が必要だからね」

「……なるほど」

理屈はわからなくはないし、正しいとも思うが……個人的にはあまり好きな言葉ではない。だってソレだとまるで……。

「……ねぇ、我が子？」

「え？　あ、はい」

「勝者が正義ならさ……『敗者は悪』なのかな？　正義と相対する相手は、悪じゃないといけないのかな？　そんなことはないよね。別に正義と正義がぶつかったって、悪と悪がぶつかったっていいはずだよね」

俺が思い浮かべようとした言葉を察したのか、先んじてマキナさんは必ずしも正義の反対が悪ではないとそう告げた。そう、マキナさんの言う通りだと思う。正義と戦う相手は必ず悪でなくてはいけないというルールなんてない。いや、そもそも正義だの悪だのという呼び方を付けること自体が間違いなのかもしれない。

「うん、そうだね。私も我が子の考えが正しいと思う。だけどね……世界ってのは、必ずしも『正しい考えのもとに動くわけではない』んだよ」

「……」

「それが、本当はどんなに正しかったとしても、多くの人からは悪とみなされる場合もある。その逆も然りだね。ふふふ、ちょっと難しい言い回しになっちゃったね」

そう言って優しそうな笑顔を見せたあと、マキナさんはピンと片手の人差し指を立てながら言葉を続ける。

「さて、回りくどくなっちゃったけど、ここからがヒントだよ。戦いの結果、勝者が正義、敗者が悪として語り継がれることになった未来で、敗者が悪になったことを誰よりも嫌だと思ったのは誰でしょう?」

「……敗者を?」

「そう、それは敗者自身かな? それとも敗者と親しかった人たちかな? それとも……『思いをぶつけあって戦った』が故に、誰よりも敗者の想いを理解している『勝者』かな?」

そう言ってマキナさんは俺の目をじっと見る。複雑な色合いの虹色の瞳が俺を見つめ、少ししてマキナさんはフッと笑みを零した。

「いい? 愛しい我が子……最高の結果にたどり着くために、君が救わなくちゃいけない相手は『ひとりじゃない』からね。ここでの会話は目が覚めたら忘れるようにしてるけど、この言葉だけは必要な時に思い出せるようにしておくからね」

それはいったい誰のことを指しているのか、なにを見据えての言葉なのか、いまの俺には理解できなかった。しかしなんだろう、なぜか不思議と……その言葉はこれから先、必ず必要になってくるものだと、そう感じていた。

「……はい」

「うん。がんばってね……まぁ、我が子なら大丈夫だよ。必要になれば、私も手を貸すよ。子が母に頼るのは恥ずかしいことなんかじゃなくて、当たり前のことだからね。いくらでも甘えてくれていいんだよ！　もちろん私としては二十四時間三百六十五日愛しい我が子のために……」

と、そこまで言ったところで突然マキナさんは自分の顔をぶん殴り、すさまじい轟音が響いた。

「え⁉　ちょっ、マキナさん⁉」

「……あぶないあぶない、危うく愛がビッグバンしちゃうところだった」

あっ、なんかまた背筋がゾクッとした。なんだろうかこの言いようのない不気味な感じは？　愛がビッグバンするといったいどうなってしまうのだろうか……単なる爆発とは言わない辺りが、なんとも恐ろしくて知りたくない。

「まぁ、そんなわけで、もう用件の『九割』は終わったけど、我が子が目を覚ますまであと『五十七分四十二秒』あるから、もう少し母とお話ししよう！」

「え？　あ、は、はい」

……やっぱりマキナさんってなんか、どことなく言いようのない恐怖感があるんだよなぁ。話してる限りは普通に優しそうな方なんだけど……。

そんなことを考えていると、またも景色が切り替わる。今度は背の高いビルが建ち並ぶ大都会といった雰囲気で、俺たちはひと際高いビルの屋上にいた。

「あっ、せっかくだし、ご飯でも食べる？　ここは夢の中みたいなものだから現実のお腹は膨れないけど、味は楽しめるよ」

「え？　あ、はい。ありがとうございます」

「じゃあ、とっておきのご馳走を……」

屋上の縁に腰かけながらにこやかに告げ、マキナさんはどこからともなく紙袋のようなものを出現させて渡してきた。

ソレを受け取りつつ、さすがに夢の中とはいえ高層ビルの縁に座るのは尻込みしてしまうので、少し離れた場所に座って紙袋の中身を確認する。

神様が用意してくれた食事なんて聞くと、なんだか恐れ多いような気がするけど……いったいなんだろう？　中には個別に包装された丸い形の包みがふたつに、ドリンクとフライドポテト……うん？　あれ？　おかしいな……どこからどう見ても、チェーン店のハンバーガーセットにしか見えない。

いや、確かに美味しいとは思うし、俺も好きなんだけど……とっておきのご馳走？　なんというか、ずいぶん庶民的な神様である。

「え？　あ、あれ？　駄目かな？　私の大好物なんだけど……ほかのがよかった？」

「あ、いえ、少し驚いただけです」

実際駄目なわけではなく、本当にただ意外だっただけだ。神様がご馳走って言うぐらいだから、なにか俺が見たこともないような高級料理でも出てくるのかと……。

「高級料理……ステーキとかかな！」

「……」

思ったんだけど、やっぱりこの方……想像よりだいぶ庶民的な感性をお持ちの気がする。具体的には高級料理と聞いてステーキを思い浮かべる辺りが、驚きの親しみやすさである。

なんというか、ところどころに底知れなさというか、そういうものもあるが……やっぱり、悪い方には見えない。

「……ありがとうございます。いただきますね」

「うんうん、おかわりもあるからね」

ニコニコと楽しそうに笑っている姿からは、神様としての威厳は感じずどこか可愛らしい。かと思いきや、なにもかも見通したかのような発言をすることもある不思議な方だ。

「……はぁ、食事してる我が子も可愛いなぁ」

あとはうん、時折感じる妙な寒気にさえ目を瞑れば、親しみやすい方だと思う。

そんなことを考えながら紙袋からハンバーガーを取り出して食べる。異世界に来てすでに半年近くが経過しているので、なんだか凄く久しぶりに食べた気がする。

「ああ、そういえばさ、我が子」

「はい？」

「……ありがとう」

「え？　なにがですか？」

「さぁ？　なんだろうね」

突然優しげな表情で告げられたお礼の言葉に戸惑いながら聞き返すが、マキナさんはいたずらっぽく微笑んだだけで、詳細については教えてくれなかった。

首を傾げつつもそれ以上は聞かずに、視線を屋上から見える景色に向けながら、マキナさんに言われたことをもう一度思い出してみていた。

救わなくちゃいけない存在は、ひとりじゃない。それだけではさっぱり意味はわからないが、なにかしらの事態が起ころうとしているのかもしれない。

ただ彼女曰く、ここでの会話は目が覚めたら忘れていて、一部の会話だけ必要な時に思い出せるらしい。世界創造の神様の言葉だ。ならば間違いなくそうなるのだろう。

だとすれば、あんまりここであれこれ考えても意味はないか……あまり深くは考えないことにしておこう。

＊＊＊＊

いろいろ悩みつつもハンバーガーを食べる快人を見て、マキナは優しげな笑みを浮かべる。

（そうそう、それでいいんだよ。悩むことは大事だけど、我が子はちょっといろいろ考えすぎちゃ

うところがあるからね。気にしつつも自然体ってのが、一番いい時もあるよ）

そんなことを考えながら、マキナは手元に出現させたハンバーガーを食べて笑みを零す。

（誰かとこうやって食事するのは、久しぶりだなぁ。なんだか、凄く懐かしいよ）

ほとんど風のない高層ビルの屋上、曇り空……それは、彼女にとっては初めて鳥籠の外を見た思い出の景色だった。

――あれ？　マキナってば、ずいぶん疲れた顔してるね？　あれかな、初めての街に来て、はしゃぎすぎちゃったかな？

――……違うよ。この疲れは、はしゃいだからじゃなくて、初めて街に来るより先に初めてのスカイダイビングがあったせいだからね。

――アグレッシブな人生送ってるね～。

――誰のせいだと思ってるの！　誰の!!

思い返してみれば、彼女の親友は初めて会った時から滅茶苦茶だった。出会った翌日にマキナを鳥籠から連れ出して街に向かったかと思えば、海の上を走り空中を駆け上がり、スカイダイビングのような方法で高層ビルの屋上に着地。本当に滅茶苦茶ではあるが、彼女にとっては忘れられない大切な思い出だ。

――まぁ、それはともかくとして、温かいうちに食べようよ。

――むぅ……もぅ、本当に困った友だちだよ。ありがと……これは？

――ハンバーガーだね。

——ハンバーガー……あぁ、何度か千里眼で食べてるのを見たことはあるような気がする。

——ハンバーガーも食べたことないなんて、これだから島入りお嬢様は……。

——島入りって、初めて聞いたよ……いや、困ったことにその通りなんだけどね。

苦笑を浮かべながら差し出されたハンバーガーは、マキナが鳥籠の外で初めて食べたもの……。

——美味しい⁉　私、こんな美味しい食べもの初めてだよ‼

——そりゃ、ゼリー飲料だの軍用缶詰だののばかりの食事だったらね。

——凄いなぁ、世界にはこんな美味しいものがあるんだね……なんていうのかな？　すごく感動してるよ！

——ハンバーガーひとつでそこまで大はしゃぎとは、なんとも安上がりな……まぁ、気に入ってもらえたならよかったよ。

——うん！　ありがとう、アリシア！

——あはは、どういたしまして。

あの日から、マキナの好物はハンバーガーだ。ほかにどれだけ美味な食事があったとしても、彼女にとっては親友との幸せな思い出の味であるハンバーガーが至高であり、それ以上に美味しいものはないと、そう思っている。

神となって膨大な年月を生きたいまでも、その時の思い出は少しも色あせてなどいなかった。

（……さてさて、我が子以上にいろいろ考えちゃう親友は、今後どう動くのかなぁ……もしかしたらまた、こっそり手助けした方がいいかもね。『魔王』の件はともかくとして……『シャローヴァ

ナル』の方は、さすがのアリシアでもノーヒントじゃ大変だろうしね）
そんなことを考えつつも、マキナはのんびりと、快人が目覚めるまでの時間、他愛のない雑談を楽しんだ。

＊＊＊＊

火の二月十日目。今日は六王祭に向けてリリアさんと服を買いに行くことになっている。

考えてみれば、リリアさんとはいままでも何度も一緒に出かけたけど、ふたりきりでデートという名目で出かけるのは初めてだ。

以前避暑地に泊まった時は、半分はめられたようなものだし……。

「……お、お待たせしました」

「あ、いえ……その服、凄くよく似合ってますね」

「あ、ああ、ありがとうございます」

リリアさんは普段の動きやすさを重視し、足元が少し開いている服ではなく、丈の長いスカートを穿いていた。

とはいえ、ふわっとした感じではなく緩やかにフィットするデザインで、ドレスというよりは少しお洒落な私服といったイメージだ。クリーム色もリリアさんの金髪と合っていて、とてもよく似合っている。

「じゃあ、行きましょうね」

「は、はい！」

「……手とか繋ぎます？」

「て、てて、てっ⁉　い、いえ、そ、そそ、それはちょっと、私には難易度が……もう少し経ってからで……」

……リリアさん緊張しすぎ。

こちらから見ていてもわかりやすいほどアタフタしており、失礼だが、見ていて少し面白い。

まぁ、実を言うと俺も少し緊張していたが……人間は自分以上にテンパっている他人を見ると落ち着くもので、リリアさんが慌てれば慌てるほど、俺にはその様子を微笑ましく思う程度には心に余裕ができてくる。

「リリアさん、もう少し落ち着いて……気楽に楽しみましょうよ」

「うっ……は、はい。お恥ずかしいところを……」

「いえ、ゆっくり慣れていきましょう。さっ、それじゃあ行きましょうか？」

「はい」

苦笑しつつフォローをしてから、リリアさんと共に買い物に出かける。

しかし、買い物に行くだけでこの慌てよう……こりゃ、手を繋いでデートできるまでに、相当時間がかかりそうな気がするな……。

いや、でも前に避暑地で手は繋いだ気が……意識すると駄目なのかな？　まぁ、その辺は徐々に慣れていってもらうことにしよう。

服を買うと言っても、あまり多くの店を回るわけではない。リリアさんは公爵であり、当然ながら六王祭に着て行く服にもそれなりの格が求められる。

おのずと、公爵家の女当主に相応しい服を取り扱う店は絞られてくる。

今回初めに訪れたのは、この世界に来てすぐに俺の服を買いに行った店……リリアさんは、その店でよく服を買うらしい。

「いらっしゃいませ……これは、アルベルト公爵様。ようこそおいでくださいました」

「礼服……より少しラフな服が欲しいのですが」

「かしこまりました。少々お待ちください」

今回購入する服は、六王祭を回る際の服だ。

最終日のパーティーには礼服で出席するが、それまでの六日間を礼服で過ごすのも窮屈。かといって、あまりラフな私服では貴族としての体面的にあまりよろしくない。

なので普段着と礼服の中間ぐらいの服を買いに来たわけだ。

リリアさんが慣れた様子で要望を告げると、店員は丁寧に礼をしてから店の奥に移動し、数点の服を持って戻ってきた。

「こちらなどは、最新のデザインで高級感があります。とても綺麗な白色なので、アクセサリーも合わせやすいかと……」

「う～ん。でもこれは『剣を振る』には動きにくそうですね」

選ぶ基準そこ⁉　いやいや、なんでリリアさん六王祭で剣振る想定してるの？

「動きやすさでしたら、こちらなどいかがでしょう？　非常に軽くよく伸びるので、動きやすさは自信を持って勧められます」

「……しかし、ピンクというのは……」

「さようでございますか、でしたらこれなどは……」

うん。困った……全然話についていけない。

女ものの服には詳しくないし、さらに高貴な人が着る服ともなればさっぱりだ。

どうしようかと思いながらその光景を眺めていると、リリアさんがこちらを向いて苦笑する。

「こちらは少し時間がかかると思いますので、よければカイトさんも服を見てみてはいかがですか？　ここには男性ものの服も扱っていますし」

「そうですね……そうしましょうか」

リリアさんの提案に頷き、俺も自分の服を選ぼうと視線を動かすと、丁度そのタイミングで店員がリリアさんに尋ねてきた。

「アルベルト公爵様、大変失礼ですが……こちらの男性は？」

「あ、ああ、えっと……その……こ、こい、恋人です」

「なんと！　それは失礼致しました……なにぶん浅学非才な者でして、なるほど、よくよく見れば高貴なお顔立ち、さぞ名のある方なのでしょう」

……高貴？　誰が？

「申しわけございません。『貴族様』のお顔を拝見する機会はあまりなく、ご尊顔を見てすぐに思い至らなかったご無礼、平にご容赦願います」

「……」

……貴族？　あ、ああ、なるほど……公爵であるリリアさんの恋人だから、当然貴族だろうと、そう思ったわけか……俺のどこに貴族なんて要素があるのか問い詰めたい気持ちはあるが、変に否定しても話を長引かせるだけなので、適当に相槌をうって服選びを始める。

リリアさんと話している人とは別の店員が来て、俺に服の説明をしてくれるが……正直、あまりピンと来るものはなかった。

それもある意味当然かもしれない……俺がいま着ている服は、アリスが作ってくれたもの。正直アリスのセンスと技術は超一級品であり、しかも俺の好みに合わせているので、それを越えるものというのはなかなかない。

実際アリスの雑貨屋で服を買うようになってから、俺はほかの店で服を買った覚えがない。

そんなことを考えていると……どこからともなく、見覚えのある仮面の少女……アリスが俺の目の前に現れた。

アリスは満面の笑みを浮かべており、手には三十㎝四方の小さめの木の板が握られている。そして、そこには『アリスちゃん特製ハンドメイド服～六王祭仕様～三着セット・白金貨一枚』と書かれていた。

日本円にして一千万円……コノヤロウ……上手い商売考えてきやがったな。

店を開いて待ち構えるんじゃなくて、その時に必要なものを高値で提供する手法……悔しいが、効果は絶大である。

白金貨……しかしこいつなら確実にその価値以上の品物を作ってくるだろう……そう思うと、安いのか？

少し考えたあと、俺は無言でアリスに白金貨を握らせた。

するとアリスはホクホク顔に変わり、何事もなかったかのように姿を消した……これで六王祭の日までには、三着の服が届くだろう。アリスのセンスのよさは知ってるし、期待できる。

なんかもの凄く負けた気分ではあるが……。

「……あの、やっぱり服はいいです」

「ええ、幻王様より伺っております。こちらにお茶を用意しておりますので、どうぞおくつろぎください」

……貴女もアリスの配下ですか……これ、もしかして、この流れ……全部アリスの計算通りだったりするんじゃないだろうか？　実は意外とアイツ、商才あるのかもしれないな。

アリスにより俺の服選びは即座に終了し、俺は店員さんの勧めでお茶をいただきながら、リリアさんを待つことになった。

この店は貴族を主な客層にしており、服選びに時間がかかるというのはよくあることみたいで、開けたスペースにテーブルと椅子が複数ある。なんとなく車の販売店が思い浮かぶ感じだ……いや、車なんて買ったことないので完璧イメージでしかないが。

お店が出してくれたお茶を飲み終え、ある程度は時間が経過したが、まだリリアさんの服選びが終わる気配はない。まぁ、そこは別に急かすようなものでもないので、のんびり待つつもりではあるが……手持無沙汰になると、どうにも様子が気になるものだ。

なので少しだけ様子を見てみようと椅子から立ち上がり、リリアさんのいる場所に向かった。

壁の前に数着の綺麗なドレス風の服が並べられており、リリアさんはソレを見ながら腕を組んで悩んでいるみたいだ。

「……リリアさん？」

「あっ、カイトさん。すみません、時間がかかってしまって」

「いえ、なにか悩んでるみたいですが？」

「ええ、候補を絞ったのですが、まだ少し多すぎまして……どれを買おうか考えていたところです」

そう言われて順に並べられている服を見てみる。

数は十着ほど……確かに少し多い。六王祭は七日間なわけだし、六王祭で着るという目的であれば最大でも七着。

もちろん全部買って、残る三着は私生活で着るという方法もあるが……リリアさんの性格上、そういった無駄遣いをしたくないんだろう。

必要なものを必要な分だけって感じで考えてるからこそ、どれを買おうか悩んでいるんだと思う。

そんなことを考えながら再びひとつひとつ服を見てみる。どれも確かにリリアさんに似合いそうで、甲乙つけ難い。

リリアさんが悩んでいるんだし、なにかアドバイスしたいところではあるが……女ものに詳しいわけでもない俺が、いいアドバイスをできるかどうかはわからない。

なので、単純に俺の感想を伝えてみることにした。

「……う～ん。俺の個人的な意見では、この服とか好きですね」

白色を基調とし、派手すぎない程度に金色の糸が織り交ぜられているその服は、金髪碧眼であるリリアさんによく似合うと思った。

黒系統のシックな感じのものもいいとは思うけど、リリアさんにはやっぱり白が似合うと思う。

「リリアさんならどれを着ても似合うと思いますけど、やっぱり俺はこういう清楚なドレスが、リリアさんのイメージにピッタリだと思います」

「そ、そうですか、あ、ありがとうございます……も、もう少し待っててください。すぐに決めますので」

「急がなくても大丈夫ですよ」

リリアさんは俺の言葉に少し顔を赤くしつつ答え、一着一着手に取りながら選んでいく。

その際に真っ先に俺が似合うと言った服を手に取り、それに関してはサッと流し見しただけで、ほかの服とは別の場所に移動させているのが見えた……可愛い。

真剣に服を選ぶリリアさんを微笑ましく見守っていると、店の扉が開く音が聞こえ、反射的にそちらに視線を動かした。

「……すみません、貴族用ほどじゃなくていいので、少し高価な服を……おや？」

「……ジークさん？」

「ジーク？」

なんと店に入ってきたのはジークさんだった。俺もリリアさんも思わぬ遭遇に驚愕する。

それはジークさんの方も同じようで、少し驚いたような表情を浮かべたあと、俺たちに声をかけてきた。

「……カイトさん、リリ……思わぬところで会いましたね」

「同感です」

「ジーク、貴女は確か今日は休暇でしたよね？　服を買いに？」

「ええ、リリの護衛として参加するなら必要ないでしょうが、今回は直接招待を受けていますので……さすがに普段通りの格好というわけにもいきませんからね」

「なるほど……」

「カイトさんと、リリも服を買いに？」

軽く言葉を交わしたあと、ジークさんの質問に首を縦に振ることで答える。

するとジークさんは、どこか優しげな微笑みを浮かべて、俺とリリアさんを交互に見る。

「……デートですね」

「なぁっ⁉　そ、そそ、それは、そそ、その……」

リリアさん……もしかしたら誤魔化そうとしてるのかもしれませんけど、滅茶苦茶わかりやすいです。

「ふふふ、羨ましいですね……ああ、そうだ。よろしければ『私も一緒にデート』してもいいですか？」

「へ？　え、ええっと、それは……」

「もちろん、構いませんよ」

「リリアさん⁉」

穏やかに微笑みながら、当たり前のように一緒にデートしようと告げてくるジークさんに、俺がどう答えていいか困っていると……なぜか、リリアさんがそれをあっさり承諾した。

そして、驚いて声を上げる俺に対し、リリアさんもジークさんも不思議そうに首を傾げる。

「カイトさん、どうかしましたか？」

「え？　い、いや、その……いいんですか？」

「なにがでしょう？」

「い、いえ、ですから、デートが一対二になっても……」

「うん？　『ごく普通』では？」

「……」

戸惑う俺とは対照的に、リリアさんは俺がなんでそんなことを聞くのか本当にわからないという表情だった。

するとそのタイミングで、ジークさんが納得した様子で手を叩く。

「ああ、なるほど……そういえば、カイトさんの世界は一夫一妻が普通なのでしたね」

「え、ええ……もしかして、この世界だと、こういうのって珍しくないんですか？」

「はい。この世界では一夫多妻が当たり前ですから……男性ひとりと女性複数でデートするのは、特に珍しいことではありません。まぁ、もちろんふたりきりでデートすることの方が多いとは思いますが」

「な、なるほど……」

確かに、言われてみれば納得できる。

「……もし、カイトさんの気が進まないのでしたら、断っていただいて大丈夫ですよ？」

「あ、いえ、少し文化の違いに驚いただけで……俺もジークさんと一緒にいるのは楽しいですし、迷惑なんかじゃありません」

「ふふふ、嬉しい言葉ですね。では、カイトさんさえよければ、是非」

「はい」

驚きはしたが、リリアさんとジークさんが構わないのであれば、俺としてはふたりの恋人と楽しくデートできるのは嬉しい。

俺がジークさんの申し出を了承すると、ジークさんだけでなくリリアさんも嬉しそうに笑みを浮かべる。恥ずかしがり屋のリリアさんにとって、気心の知れたジークさんが一緒というのは安心できる要素でもあるのだろう。

「ああでも、その前にジークの服ですね。サイズが少し違うかもしれませんが、コレなんかは……」

「いや、リリ……そんな高級品を持ってこないでください。私は貴女ほど財力がないんです。この店で一番下のランクの服を買うのがギリギリですから……あと、できれば『スカート』は……」

「……そういえば、苦手でしたね」

「苦手というか、『森で行動しにくい服』はちょっと……」

……だから、基準おかしくない!? リリアさんもジークさんも、六王祭になにしに行く気なの!? 森になんて入らない……入らな……。

女性ふたりが服選びで盛り上がるのを眺めつつ、俺は静かに自分の後方に声をかける。

「……アリス」

「はいはい」

「リリウッドさん主催の日って、会場が森になったりする？」

「……本人は『自然との触れ合い』をテーマにするって言ってましたね」

「なるほど、ありがとう」

「いえいえ、それでは～」

……もしかして俺の方が間違っているんだろうか？ なにせ、あの濃い六王たち主催の祭りだ。それこそ戦闘に挑むような用意をしていくのが正解なのか？ わかんなくなってきた……。

「……ああ、もうひとつ聞いていい？」

「ほいほい」

「アリス的に、ほかの女の子と一緒にデートってどんな感じ？」

「ん～クロさん、フェイトさんなら可……ほかは『鬱陶しい』んでパスです」

「そっか、ありがとう。参考にしとく」

人それぞれか。現状恋人の中で仲の悪そうな人はいないけど、いちおう、ほかの人にも確認しておくのがいいかもしれない。


服屋で偶然会ったジークさんを加え、俺にとっては変則的な男ひとり女ふたりのデートに移行することになった。

とはいえ、先に服を決めてしまうところから……リリアさんは俺が勧めたものと合わせて、五着ほどの服を購入した。

そしてジークさんの方は……。

「むぅ……た、高い……」

「ジークさん？　難しい顔してますけど？」

「う～ん。六王様主催の祭りですし、失礼のないようにと買いに来ましたが……やはり、貴族御用達だけあって、どれも非常に高価で……なかなか決意が……」

ジークさんが見ている服は、動きやすそうなズボンタイプの服。パッと見ると男性向けにも見えるが、色合いとか模様が可愛らしい感じだ。

そして値段は片方が五千R……五十万円で、もう一方が七千R……七十万円だ。どちらもこの店にある服の上下セットとしては安めらしい。

アリスに三着一千万円で頼んでいる俺自身の感覚が麻痺してしまっていて、一瞬安いと思ってしまったが、普通に考えれば服一着に五十万は相当高い。

公爵であるリリアさんならいざ知らず、ジークさんにとっては中々手を出しにくい価格みたいだ。

ちなみにリリアさんが買った服は、どれも金貨単位……数百万円である。コレで礼装ほどは豪華ではないというのだから、改めて貴族の凄さを思い知る。

……まぁ、アリスから買ってる俺の服も十分すぎるほど高価ではあるのだが……。

「ジークリンデ様、こちらの服など最新のデザインでお勧めですが？」

「……素敵なデザインですね。価格は……一万五千R⁉　え、遠慮しておきます」

なんというか、うん。俺の周りには「お金？　なにそれ？」みたいなレベルの金持ちが多いせいか、ジークさんの庶民的な様子はやけに新鮮に見える。

しかし、いま店員が持ってきた服……薄い緑の模様で、ジークさんに似合いそう……。

「あの、すみません。その服、ジークさんのサイズに直してもらえますか？」

「……へ？　カ、カイトさん⁉　な、なにを……」

「折角の機会ですし、俺がプレゼントしますよ」

「でしたら、こちらのアクセサリーなども、この服と合っていてお勧めですが？」

「綺麗ですね……それもお願いします」

「カイトさんっ⁉　だ、駄目です！　そ、そんな高価なもの……」

　俺が購入してジークさんにプレゼントすることを伝えると、ジークさんは大慌てで声をかけてくる。

「幸いお金はたくさんありますし、これと言って使う予定もありませんから……その服、ジークさんに似合うと思いますしね。俺はジークさんの恋人ですし、服ぐらいプレゼントさせてください」

「い、いえ、しかし……装飾品も合わせると三万Rを越えるんですよ⁉　そ、そんな高級品を……」

「あっ、リリアさんも、俺が選んだ服はプレゼントさせてください」

「……ありがとうございます。では、お言葉に甘えて」

「無視っ⁉　リリも、なんであっさりと⁉」

　大慌てのジークさんとは違い、リリアさんは俺の提案に微笑みながらお礼を口にする。この辺りはやはり金銭感覚の差かもしれない。

「……カイトさんの個人資産は、並の貴族とは比べものになりませんからね。カイトさん、現在の所持金はいくらぐらいですか？」

「え、え〜と、細かく数えてはいませんが……『白金貨千五百枚』ぐらいですね」

「せ、せん、ごひゃ……」

　以前モンスターレースで稼いだあとも、いろいろとあって俺の手元にはどんどんお金が増え続けていた。

例えばオルゴール作りの際に、アイシスさんから大量にもらって余った宝石類……量がちょっと多く、マグナウェルさんの鱗とかもあり、マジックボックスの容量が不安だったので、売ることにした。六王祭でクロ製作のマジックボックスをもらえば、今後は容量に関しては問題がなくなるとは思う。

アイシスさんとの思い出ということでいくつかは自分用に残し、会うたびにくれるマグナウェルさんの鱗と一緒に、アニマたちに処分を任せた。

その結果、俺の手元には大量のお金が入ってきた。アニマたちに特別ボーナスを出してもなお、まだまだ山ほどある……いい加減、真剣に使い道を考えたいところだ。

「……唐突に出てきて微笑みかけるな馬鹿」

そんなことを考えていると、どこからともなくアリスが現れて微笑みを浮かべていた。口元は笑っていても、目は完全に『捕食者』のソレだった。

そんないつも通りの馬鹿を手を動かして追い払いつつ、パクパクと口を動かしているジークさんに向き直る。

「というわけで、是非プレゼントさせてください」

「……う、うぅ……あ、ありがとうございます。このお礼はいつか必ず」

「気にしないでください。ジークさんにはいつも本当にお世話になってますから」

リリアさんから俺の所持金を聞いて、ジークさんも諦めてくれたのか、申しわけなさそうにお礼を言って俺の申し出を受け入れてくれた。

しかし本当に、俺がその服を着たジークさんを見たいから買うだけなので、まったく問題ない……どころか非常にいい買い物だと思う。

何度も俺にお礼を言いながら、リリアさんと共にサイズ合わせに向かうのを見送り、ふと思い至る。そういえば、アニマたちはどうするんだろう？　イータとシータはなんだかんだでちゃんと服を用意しそうだけど……アニマは……うん。絶対用意しない。

だってアニマはアリスから招待状をもらってるのに、あえて『俺の同行者』として参加を希望したぐらいだし……まず間違いなく、いつもの軍服だろう。

しかし、六王祭までもう時間がないし、いまからだと……間に合わないかもしれないな。

「……うん？」

「……」

そしてそこで再び登場するアリス。ニコニコと笑顔で、複数のデザイン画を手に持っている。

「……これと、これ、あと……これも」

「まいどあり～」

値段はそれなりに高価ではあるが、品質は期待できるし、速度も圧倒的。

なんだかんだで、非常に役に立つ移動雑貨屋である……なんか最近本当に、俺専用になってる気がするけど……。

遠慮しているジークさんを押し切る形で服屋での買い物を終えた。時間的には次は昼ごはんかな？　クロのガイドで店を探しておこう。しかし、それはソレとして、本当にいい加減――お金の使い道を考えよう。

＊＊＊＊

服を買い終えた俺たちは、昼食を食べるために街中を移動していた。目指す場所は、クロのガイドブックで『女性にお勧め』と書かれていた店。

「……むぅ、なんだかカイトさんにもらってばかりです」

「気にしないでください。俺が好きで買ったんですから」

「ありがとうございます……えぃ」

「は？　なぁっ⁉」

先ほどのことをまだ少し気にしているジークさんに、気にしないでくれと再度伝える。するとジークさんは嬉しそうに微笑みを浮かべたあと、とても可愛らしい掛け声と共に俺の左腕に抱きついてきた。

「ジ、ジーク⁉　い、いったいなにを……」

「リリ、いいですか？　私たちとカイトさんは恋人同士なんです。こうやって腕を組んで歩くのは、ごく自然なことなんですよ」

「……い、いや、それは言いすぎな気が……」

「なるほど、そ、そうだったんですね……こ、ここ、こうして……」

「リリアさんまでっ⁉」

ジークさんのやや誇張した言葉をアッサリと信じたリリアさんも、意を決するように真っ赤な顔で俺の右腕に抱きついてきた。

両腕を抱き締められるという、恐るべき挟撃……一瞬で体温が上がり、顔が熱くなってくる。

両サイドから感じる柔らかな感触。リリアさんは恥ずかしがっているのか、やや強めに体を押し付けてきて、恐ろしいほど柔らかい双丘が俺の腕を挟みこんでおり、大変危険な状態だ。

ジークさんの方は、リリアさんに比べればいくらか余裕があるのか、抱きついたまま俺の手に自分の手を重ねて恋人繋ぎにして、しなだれかかるようにしてくる。

こ、これはヤバい……なぜいきなりこんな状況になったのかはわからないが、この感触は非常にヤバい。

リリアさん、ジークさん……そのどちらも驚くほど柔らかく、温かく、いい匂いがする。

身長が高くスレンダーなジークさんの体は、ピッタリと隙間を埋めるように俺の腕に密着しており、俺の肩に顔を擦りつけるような体勢になっているので、顔がもの凄く近くにある。

リリアさんはジークさんほどの身長はないが、その胸にはたいそう立派な凶器を備えており、それが密着することで俺の腕に当たり形を変えている。

恥ずかしくてたまらないのか、俺の腕で顔を隠すような仕草も可愛らしく、ガリガリと理性が削られていく感じだった。

それぞれの長所を持つ美女に両腕を取られている状況は、まさに両手に花……完全にいまの俺はリア充だろう。

しかし、そのことを楽しむ余裕なんてなく、両側から漂ってくる香りと温もりに包まれ、クラクラとする頭をなんとか冷静にと、そんなことばかりを考えていた。

いきなり理性に大ダメージを受けながら、俺は街行く人たちの視線を感じつつレストランを目指した。

目的のレストランにたどり着くと、ジークさんとリリアさんはようやく俺の両腕を解放してくれた。危なかった……なんかいろいろ危なかった。こういういかにも恋人ですみたいなシチュエーションも、意外と理性に大ダメージがあるものだ。

たどり着いたレストランは、大通りからは少し外れており、それほど店内が広いというわけではなかったが、綺麗でセンスのいいテーブルや椅子が並び、お洒落な感じだった。

お昼時だというのにあまり客がいないのは気になったが。

テーブルに着いて、店員の持ってきたメニューを眺めてみると……なるほど、女性にお勧めというだけあって、卵や野菜を使った料理が多く、サラダの種類も豊富な感じだった。

勝手な偏見かもしれないが、女性のランチに向いてる……うん、ジークさんのイメージにはピッタリだと思う。

ただ、リリアさんは……どっちかって言うとお肉食べてそうなイメージが……。

「カイトさん？　いま、なにか変なこと考えてませんか？」

「い、いいえ⁉」

……危ないところだった。危うく説教されるところだった。

やや焦りつつも注文を終え、雑談をしながら待っていると……ほかに客がいないこともあって、すぐに料理が出てきた。

俺はオススメセットで頼んだのだが、オムレツにパン、サラダにスープとシンプルながら美味しそうな感じがする。

まぁ、男の俺としては少し少ない気もするが……足りなければ追加で注文すればいいし、とりあえずいただいてみることにしよう。

軽く手を合わせ、まずはサラダからと思ってフォークをそちらに向け……俺は即座にフォークを引っ込めた。

……ミタクナイヤサイガアル。

煌々と存在感を示すように輝く緑の物体……細くカットされ、サラダに加えられているソレは、言いようのない恐怖を俺に与えてきた。

……ピーマンである……大事なことなのでもう一度言うが、ピーマンである。

どうにもならない。残念ながらこのサラダは諦めるほかないだろう。ピーマンは無理だ。ピーマンマジ怖い。ピーマンなんて絶滅すればいいのに……。

っと、そんなことを考えながらサラダを諦めようとしたタイミングで、横から伸びてきた手がサラダの入った皿を掴んだ。

「……すみません。カイトさん。私、『本当はこのサラダが食べたかった』んですが、注文を間違えてしまいまして……ワガママを言って申しわけないですが、交換していただけたら助かります」

「え？　ええ……」

「ありがとうございます」

そう言って微笑みを浮かべ、ジークさんは俺のサラダと自分のサラダを取り換える。ジークさんはオススメセットではなく、サラダは個別に注文していて……俺の前に置かれたのは、ごく普通のシーザーサラダだった。

皿を交換したあとでジークさんの方を向いてみると、ジークさんはパチリとウインクをしてから、何事もなかったかのようにサラダを食べ始めた。

リリアさんも特にピーマンのことには触れず、にこやかに他愛のない雑談をしながら食事を進めていく。

子供っぽい俺の味覚を馬鹿にすることもなく、むしろ優しく気遣ってくれる……改めてこのふたりの優しさを実感した。

……うん、これは惚れ直す。ジークさんも、リリアさんも、本当に素敵な女性で、このふたりと恋人だと思うと凄く誇らしい気持ちになった。

その日食べたサラダは、不思議と……いつもより美味しく感じた。

＊＊＊＊

火の二月十一日目。いつも通りの時間に起床し、いつもと同じように食堂に向かっていると、その途中でルナマリアさんが待ち構えていた。

いや、偶然会ったとかではない。廊下の真ん中でこちらをジッと見ている。

「おや？　これは、ミヤマ様、おはようございます。こんなところで会うなんて『偶然』ですね」

「いや、明らかに故意ですよね？　待ち構えてたじゃないですか……」

「ははは、また御冗談を……」

なんだ？　今度はいったいどんな悪だくみをしてるんだ？　笑顔が胡散臭い。

「……それで、なにか俺に用事でもあるんですか？」

「さすがはミヤマ様、話が早い。彗眼にこのルナマリア、感服いたしました」

いけしゃあしゃあと……ああ、なんか不安になってきた。いったいどんな無茶振りをするつもりなんだろうか？

ロクなことになりそうにないと、ルナマリアさんへの厚い信頼からか、心が叫んでいる。

「……実は、ミヤマ様に折り入ってお願いがあるのですが……」

ほらきた。また面倒なことを……。

「私の母を、六王祭での同行者に選んでいただきたいのですが……」

「……うん？」

あれ？　思ってたのと違う。俺はまたてっきり、リリアさんの機嫌をとって欲しいとか、リリアさんに謝りに行くのに付いてきて欲しいとか、そんなお願いだと思っていた。

しかし、ルナマリアさんの口から出たのは、ノアさんに関するものだった。

「……同行者って言うと、アレですよね？　事前に申請して連れていく」

「はい。ミヤマ様も覚えているとは思いますが、招待状のランクによって同行者の行動範囲にも制限がかかるんです」

「……ええ、そう言ってましたね」

確かルナマリアさんの持っているアイアンランクの招待状は、同行者は一名までで、行動範囲についてもかなり制限がかかるみたいなことを、説明に来た猫耳の魔族……キャラウェイさんが言ってたっけ？

なるほど、それだとノアさんが自由に行動しにくくなるので、俺の同行者として申請して欲しいってことか。

俺の持つブラックランクの招待状は、同行者は何人でも連れていけるし、行動範囲の制限もない。ルナマリアさんにしてみれば、自分が同行者として申請するより俺に頼んだ方がノアさんのためになるってことだろう。

「……ええ、勿論構いませんよ」

「ありがとうございます！」

綺麗な角度で頭を下げるルナマリアさんに、気にしなくても大丈夫と伝える。決して、先ほどまでまた悪さしたんだろうと疑ってたことが、後ろめたいとかそういうわけではない。

ルナマリアさんは俺の返答に何度もお礼を言ってから去っていき、残された俺はふと顎に手を当てて考える。

しかし、うん。なるほど、ほかに招待状をもらっている人の関係者に関しても、俺が誘ったほうがいい場合もあるのか……六王祭前に同行者の再確認をしておいた方がいいかもしれない。

俺が同行者として申請済みなのはアニマ、イータ、シータ、それとリリアさんの屋敷で仲のいい使用人さんを何人か……うん、屋敷内の人で思い当たる方の申請は終わっている。となると、問題はリリアさんの屋敷以外の人だ。

リリアさんの屋敷以外での俺の知り合いだと、ほとんど招待を受けていそうではあるので、あまり考えていなかったが、先ほどのルナマリアさんの件もあるし、もう一度しっかり考えておこう。

オーキッドもライズさんも間違いなく招待されてるだろうし、ノアさんはルナマリアさん経由で誘う。レイさんとフィアさんは……ジークさんが誘うのかな？　それなら俺の招待状の方で同行者申請しようかと、提案してみることにしよう。

あとは……あっ、そうだ！　フィーア先生がいるじゃないか⁉

なんだかんだで結構会ってるし、お茶をいただいたりお世話にもなってる。

もしかしたら医者の仕事が忙しいと断られるかもしれないが、その時はその時……まずは誘ってみることにしよう。

まだ時間は少し早く、お昼ぐらいになってから一度診療所の方に行ってみることに決め、俺は食堂に向けて歩きだした。

あと最近知り合った方で……エデンさんはどうしよう？　招待されていそうな気もするし、されててなさそうな気もする……いちおう誘ってみようかな？　でも、エデンさんと一対一で会うのは、なんか怖い。よし、今度クロに頼んで遠回しに連絡してもらおう。

＊＊＊＊

お昼時から少し時間をずらして診療所を訪れると、フィーア先生がいつもの優しい笑顔で迎えてくれた。

「いらっしゃい、ミヤマくん。どうしたの？　今日はノアさんの治療の日じゃなかったと思うけど？」

「こんにちは……いえ、今日はフィーア先生に用事がありまして」

「私に？」

「ええ、いまお時間大丈夫ですか？」

フィーア先生が六王祭について知らない可能性もあるので、少し長めに時間が取れるかどうかを尋ねる。

するとフィーア先生は、テーブルの上に置いていた手帳をパラパラとめくる。

「……うん。大丈夫だよ。今日の午後は訪問診療もないからね」

「そうですか、じゃあ……」

「折角だしお茶でも飲みながら話そうよ。以前治療した患者さんから、美味しいクッキーをもらったんだ」

そう言って微笑みながら、フィーア先生は俺を診療所に隣接した居住スペースへ案内してくれる。

うん、少なくともこうしてキッチンに通してもらえるぐらいは仲よくしてもらってるし、誘うのはおかしなことじゃないだろう。

そんなことを考えつつ、フィーア先生に促されて椅子に座る。

「……それで？　話って、なにかな？」

「ええ、実は……」

ハーブティーを淹れる準備をしながら告げられた言葉を聞き、丁度いいパスだったので俺は本題を伝えようとしたが……そのタイミングで、なにやら慌ただしい足音が聞こえてきた。話しかけた口を閉ざして音の聞こえる方を振り返る。

すると、キッチンの扉が勢いよく開かれ、見覚えのある人が現れた。

「フィーア！　遊びに来ましたよ！　見てください、凄く美味しい羊羹が手に……入っ……て……え？」

「……え、えっと、こんにちは……ノインさん」

「……カイトさん？」

「え、ええ」

満面の笑みで現れたノインさんは、直後に俺の姿を見て硬直し、徐々に顔を青くしていった。

そして、壊れたブリキ人形みたいな動きで体を動かし、部屋の隅に移動して……膝を抱えて座り込んでしまった。

「……もう、お嫁にいけない……」

「……」

テンションの下がり幅が凄すぎて、咄嗟に反応できなかった⁉　な、なんか滅茶苦茶落ち込んでる。

するると、そんなノインさんのもとにフィーア先生が近付き、苦笑を浮かべて声をかける。

「ヒカ……ノイン。なに来るなり、唐突にへこんでるの？」

「……カイトさんに、お淑やかじゃないところを見られました……もう……お嫁にいけません」

「……」

いや、ノインさんには悪いけど……それいまさらですからね？　ファーストコンタクトの時点で、ドラゴン担いで現れてますからね、貴女。

あとこれまでも結構情けないところ見ていますけど……。

「……あれ？　というか、ノインさんとフィーア先生って、知り合いなんですか？」

「あ、あぁ、うん。結構長い付き合いだよ。ヒカリとは」

「え？　いま、ヒカリって？」

「あっ……いや、その……」

フィーア先生の口から出たノインさんの本名……それはつまり、フィーア先生はノインさんが初代勇者だって知ってるってことだろう。でも、なんで慌ててるんだ？

「……あっ、そうか！　大丈夫ですよ。俺もノインさんの正体については知っています」

「へ？　あ、あぁ、そうなんだ……よかった。安心したよ」

なるほど、初代勇者が生きてたってことを俺に知られたと思って慌ててたのか。

「それにしても、ノインさんの正体を知ってるってことは……フィーア先生って、もしかして……」

「ッ⁉」

「カ、カイトさん⁉」

「勇者時代のノインさんを手助けしたりしたんですか？」

「……」

「……」

「え？　どうしました？」

「いや、なんでもないよ」

「ええ、カイトさんの予想通り、勇者時代にフィーアにはとてもお世話になりまして、その縁でいまも友人同士です」

あれ？　なんだろうこれ？　ノインさんもフィーア先生も、表情や声の感じはごく普通だ。だけど、感応魔法で伝わってくる感情には、強い焦りが感じられた。それも、ふたり共から……。

妙な引っ掛かりを覚えつつも、特に追及する理由もなかったので、俺は納得したという風に頷いた。

なんというか、変な感じだ。そう、なにか――重大な秘密を隠しているような……。

ふたりの反応に妙な引っ掛かりを覚えつつも、言及したりすることはせず、ノインさんも含めた三人で軽く雑談を交わす。

しばらく他愛のない会話をしたところで、フィーア先生が思い出したように最初の話題に話を戻してきた。

「そういえば、ミヤマくん？　結局私に用事って、なにかな？」

「ええ、ノインさんがいるので、必要ない話なのかもしれませんが……」

「うん？」

ノインさんはクロの家族だから招待状を持っているのは間違いないないし、フィーア先生と親友同士というならすでに六王祭に誘っていたとしても不思議ではない。

まぁしかし、提案して損するわけでもないので、誘うだけ誘ってみることにする。

不思議そうに首を傾げつつ、ハーブティーのおかわりを用意するために、ポットを持って立ち上がりかけたフィーア先生に本題を告げる。

「来月にある六王祭なんですが、フィーア先生もよかったら行きませんか？」

「……え？」

直後に、フィーア先生の手からポットが滑り落ち、床に当たって大きな音と共に砕け散る。

え？　なんだこの反応……なんなんだ？　この嵐みたいな感情は……。

俺が声をかけた瞬間、フィーア先生から噴き出すように様々感情が表れたのを、俺の感応魔法が読み取っていた。

フィーア先生の表情は変わっていない。少しだけ驚いてるように見える……しかし、感応魔法で感じる感情は、濁流のように凄まじかった。

後悔、恐怖、怒り、嘆き、不安、逃避……思わずのけぞりそうになるほど、暗い感情が吹き荒れていて、俺は言葉を失ってしまった。

するとそこで、ノインさんが不意に椅子から立ち上がり、フィーア先生に近付く。

「……あぁ、駄目じゃないですか、フィーア。いつものことですが、相変わらずの『ドジ』ですね」

「あ、あはは、うん。ごめん、手が滑っちゃって……」

いつも通りのドジ？　本当にそうなのか？　だって、いまのフィーア先生は、うっかり手が滑ったというよりは……動揺してポットを落としたように見えた。

しかも、ノインさんからも……なにかを誤魔化すような、慌てている感情が伝わってくる。表情は穏やかなはずなのに、なにか触れてはいけないものに触れた感じがした。

「……ミヤマくん」

「え？　あ、はい！」

「……ごめんね。せっかく誘ってもらったんだけど、訪問診療しなくちゃいけない患者さんが多いから、ちょっと時間がないよ」

……嘘だ。それは、感応魔法を使わなくったってわかる。だけど、なにも言えない。

フィーア先生だって、いまの状態で嘘をついてもバレることぐらいわかっているはずだ。そのうえで、あえて嘘をついた……それはつまり、この話題にはこれ以上踏み込まないでくれと、そういうことだろう。

「そうですか……無理言って、すみません」

「ううん。ミヤマくんの気持ちは嬉しかったよ。誘ってくれてありがとう」

わからない。どうしてこんなことになったんだろう？　俺はただ、フィーア先生を六王祭に誘おうとしただけだったのに……。

なんで、この人は……こんなにも悲しそうな感情をあふれさせながら、それでもいつも通りに笑っているんだろうか？　わからないし、尋ねることもできない。

だって、きっと……ソレを尋ねたら、フィーア先生は凄く傷つくんじゃないかって、そんな気がしたから。

結局そのあとも微妙な気まずさが残り、あまり三人の会話も弾むことなく、頃合いを見て俺は屋敷に戻ることにした。

＊＊＊

夜……自分の部屋のベッドに寝転がる俺の脳裏には、考えないようにしようとしても、どうしても今日のフィーア先生たちの様子が思い浮かんでしまう。

あの時のフィーア先生の感情は、感じ取ったこちらが辛くなるようなもので、いつも穏やかに笑うフィーア先生からは想像もできないほど、暗く冷たいものだった。

ノインさんの方も動揺しているというか、どことなく会話をしていても焦燥感を抱いているような、そんな感じがした。

その理由を知りたいと思う心もあれば、これ以上踏み込むべきではないと思う心もある。

おそらく、だけど……ソレは、以前フィーア先生が言っていた『罪』に関係してるんじゃないだろうか？

そもそも俺は、あの教会にあった十字架と同じ数の人をフィーア先生が殺したということ自体、ずっと半信半疑だった。

いや、仮に本当だとしても、それは医者として……救おうとした結果、救うことができなかった命なんじゃないかと、そんな解釈をしていた。

でも、今日のフィーア先生を見て、ほとんど直感みたいなものだけど……そういう類のものじゃないって、そう思った。

しかしそうなるとますますわからない。あの優しいフィーア先生が、理由もなく他者の命を奪ったりするだろうか？　いや、しないはず……しないと信じたい。

でも、その『理由』がわからない……いくら考えたところで、答えなんて出るわけもない。

もやもやとする頭を抱えつつ、なんの気なく上半身を起こすと、丁度そのタイミングで俺の目の前に光る魔力の鳥が現れる。

「……ハミングバード？」

魔力を用いたメールのような、この世界で重宝されている連絡手段。こんな時間に誰からだろう？

そう考えつつ、ハミングバードに触れると、空中に光る文字が浮かび上がる。

『夜遅くにごめんね。いまから、教会に来られないかな？　フィーア』

短く簡潔な文……だが、そこにはとても重いナニカが込められている気がした。

俺はその文字を見てすぐにベッドから起き上がり、服を着替え……転移魔法の魔法具を起動する。

フィーア先生の診療所には、ノアさんの治療で定期的に訪れることになっているから、診療所のすぐ手前を登録してある。

一瞬で俺の体は光に包まれ、目的の場所へと転送された。

＊＊＊＊

薄暗い教会の中、ステンドグラス越しの月明かりに照らされながら、フィーア先生は祭壇の前に立っていた。

祈りを捧げているわけではなく、ステンドグラスの先にある月を見つめるように、少しだけ顔を上げて佇んでいる姿には、幻想的な美しさがあった。

「……ごめんね。こんな時間に呼びだしちゃって」

「……いえ」

静かな空間にフィーア先生の声が響き、ゆっくりと振り返ったその表情は……まるでいまにも泣き出しそうだった。

夜の教会、不気味なほどの静けさの中で、俺とフィーア先生は向かい合う。

そしてしばらく沈黙してから、フィーア先生はゆっくりと口を開く。

「……ミヤマくん。今日のお昼に私とヒカリを見てから、ずっと疑問に思ってたんでしょ？　なんでこの人たちは、こんなに動揺してるんだって……」

「……気付いていたんですか？」

「うん。というか、ミヤマくんって、嘘つけないタイプだよね。顔にすぐ出るから、もの凄くわかりやすいよ」

「……」

なぜだろう？　以前似たようなことを言われたからかもしれない……優しげな苦笑を浮かべるフィーア先生の顔に、一瞬クロの笑顔が重なった気がした。

以前からどことなくそんな感覚は抱いていた。不思議と話しやすい気がしていたが、それはたぶん……フィーア先生がクロと似ているから。

姿形ではなく、纏う雰囲気とでも言うのだろうか？　だからこそ、俺にはどうしてもフィーア先生が語っていた罪という言葉に納得できなかったのかもしれない。

「あの時のミヤマくんの反応を見て、隠し通すのは難しいって思った……ううん。ミヤマくんを騙し続けるのが、辛いって思った」

「……え？」

「ずっと言えなかったんだけど……ありがとう、ミヤマくん。『クロム様を救ってくれて』……私が、できなかったことを叶えてくれて……」

「じゃあ、やっぱり……フィーア先生は、クロの家族……なんですか？」

告げられたお礼の言葉。ノインさんが現れた時から、もしかしたらとは思っていたが……やっぱりフィーア先生はクロの家族みたいだ。

けど、なら、どうしてそれを隠していたんだろう？　俺が聞かなかったから答えなかっただけなのかな？

「……『元』家族だよ」

「元？」

「……クロム様とは千年以上会ってない。それに、私には、クロム様の家族だなんて名乗る資格はないよ」

「……どういう……ことですか？」

辛そうに顔を歪めながら、自分はクロの元家族だと告げるフィーア先生。

その言葉を聞いた時、俺の頭にはクロが自分の過去を語った時の言葉を思い出した。

クロは自分が正直に願いを口にしなかったせいで、大切な家族を傷つけてしまったと……そう言っていた。その家族の名前に関しては、ハッキリとは告げていなかったが……それがフィーア先生なんだろうか？

「……うん。そうだね……改めて、自己紹介をしようか」

「……うん？」

「私の名前は、フィーア……冥王・クロムエイナ様に育てられた魔族で……かつて『魔王』と名乗って人界に戦争を仕掛けた、この世界で一番の……愚か者だよ」

「……ま……おう？」

フィーア先生がなにを言っているのかわからなかった。いや、言葉の意味はわかる。しかしそれが、まったく頭に入ってこない。

魔王って、あの魔王のことか？　千年前に大軍を率いて人界を侵略し、初代勇者であるノインさんが打倒した……その魔王の正体が、フィーア先生？

混乱して言葉が出ない俺だが、フィーア先生は俺が落ち着くまで待ってくれるつもりはないみたいで、話を続けていく。

「私は、種族名のない単一種の魔族でね。生まれたばかりでなにも知らず、ひとりぼっちだった私をクロム様が拾って育ててくれた。フィーアって名前も、クロム様にもらった大切な宝物なんだ」

「……」

「私は、クロム様が大好きだった……本当の母親のように思ってた。いつか強くなって、この方を助けてあげられる存在になるんだって……そう、思っていたはずだった」

そういえば、アリスが言っていた。魔王は六王たちにとって妹分みたいな存在だって……。

ますますわからない。アリスから話を聞いた時は、魔王がどんな風に考えて人界を侵略したかなんて、それほど深く考えたりはしなかった。

でも、その魔王の正体がフィーア先生だとしたら……なぜ、こんな優しい……優しいはずの人が、そんなことをしたんだ？　と、そんな疑問が強く湧きあがってくる。

「……クロム様に拾われて、八千年ぐらい経ったあたりだったかな？　私は、クロム様の笑顔に時々影がさしてることに気付いた」

「……それって……」

「うん。ミヤマくんがクロム様を救ってくれたいまだからこそ、その理由はわかってるけど……当時の私には、なんでクロム様がそんな顔をしているかわからなかった」

「……」

「でも、ひとつだけはっきりしていたのは、クロム様に悲しい顔なんてさせたくないってことだった。それで、私はいっぱい考えた。考えて、考えて……どうしようもないほど、大きく『間違えた』」

深い後悔と共に発せられる言葉は、ひとつひとつがまるで胸を刺すようで、俺は自分でも上手く言い表せない感情に包まれていた。

同情？　怒り？　憐れみ？　心配？　どれも正解のようで、どれも間違っている気がする。

「かつて、クロム様たちは神界に戦いを挑んだって、詳細はわからなかったけど、その伝説だけは魔界に広く知れ渡っていて……私は、クロム様の憂いは、神界を打倒できなかったことが原因なんじゃないかって、そう考えた」

「……それは……」

「うん。いまにして思えば、優しいクロム様がそんなことを考えるわけないってわかる。でも、当時の私は、全然余裕がなかった……クロム様のために、クロム様のために、そんなことばかり考えて、まともな思考なんてできてなかったんだと思う」

「……じゃあ、フィーア先生が人界を侵略したのは……」

「……私は、クロム様を世界の王にしてあげたかった。誰もクロム様を傷つけたりしない、悲しませたりしない……そんな、クロム様が絶対の頂点である世界を作りたかった。それを成すことこそが、私を育ててくれたクロム様への恩返しだって……本気で思いこんでたんだ」

「……」

なにかを言うべきなのかもしれない。でも、やはりなにも言葉が出てこない。

だってこの人は、もうすでに自分の間違いを理解している。そしてどうしようもなく後悔して、いまも決して終わることのない贖罪を続けている。

だから、当時を知るわけではない俺には、フィーア先生を責めることも……慰めることもできない。

「本当に……馬鹿だった。私は、たくさんの人を傷つけて……苦しかった。辛かった……自分の手で誰かを傷つけるたびに、泣き出しそうなほど苦しかった。でも、これはクロム様のためなんだって、そんな言い訳をして自分を騙して……ヒカリに負けるまで、ずっと愚かなことを続けていたんだ」

「……」

当時を思い出したのか、フィーア先生の目からは大粒の涙が零れ落ちる。

あぁ、やっぱりこの人は……どうしようもないほど、優しく愛の深い人なんだ。だからこそ、自分でそれを歪めてしまって、苦しみ続けている。

「ヒカリに負けても、私はまだ諦めてなかった……クロム様を世界の王にするために、ボロボロの体で立ち上がろうとした……そのタイミングで、私たちの前にクロム様が現れたんだ……」

「……」

「クロム様は……『泣いてた』……ボロボロの私を見て、悲しそうに泣いてた……そんな顔、絶対させたくなかったのに……クロム様を守りたかったのに……一番、クロム様を傷つけたのは、私だった」

「……フィーア先生」

とめどなく涙を流しながら、フィーア先生は懺悔するように当時のことを語り始めた。

己を曲げてまで守りたかった大切な存在……でも、大きく間違え、そして誰よりも深くその大切な存在を傷つけてしまったひとりの魔族の話を……。

＊＊＊＊

軽装の鎧に身を包み、大きく肩で息をする少女の前で……ひとつの影が崩れ落ちる。

「……や……った……？」

いまだ己の勝利の実感が湧かないのか、それともなにか別の理由があるのか、少女……ヒカリは求め続けた宿敵を打倒したというのに、その表情にあまり喜びの色は見えなかった。

「よくやったぞ、ヒカリ！　ついに成し遂げたのぅ」

「……さすがに、もう立てないだろうね。君の……いや私たちの勝ちだ」

「どうでもいいけど、ボク宝物庫に大事な用事があるから、そっち行っていいかな？」

「ラグナ、フォルス……ハプティはもうちょっと自重してください」

共に苦楽を乗り越え、ここまでたどり着いた仲間たちの言葉を受け、ヒカリはようやく肩の力を抜く。

しかし、やはりその表情は硬く、なにか納得できないような感情が表れていた。

「残党の処理も行わねばならんが……これでひとまずは……」

「……ラグナ」

「なんじゃ？　ヒカリ？　浮かない顔じゃな」

「……魔王は……本当に、邪悪な存在だったんでしょうか？」

「……なに？」

ポツリと零れ落ちた言葉。それは、勇者と呼ばれ、ここまで戦い続けてきた彼女が……最後の敵である魔王を倒したうえで、抱いた疑問だった。

ヒカリは怪訝そうな表情を浮かべるラグナの方を向き、自分でもまだ思考を整理できていないのか、自信なげに口を開く。

「……皆も、見ましたよね？　ここに来るまでの街や村を……確かに一部では、酷い殺戮や略奪もありました。でも……」

「……大半は、平穏……とまではいかなくても、人間を虐げるようなことにはなっていなかったね」

ヒカリの言葉に思い当たるところがあったのか、エルフ族の魔導師……フォルスも考えるような表情で呟く。

「はい。それに、この城で見つけた捕虜も……ちゃんと捕虜としての扱いを受けてました」

「……むぅ、確かに、理性なき怪物ではなかったことは、ワシも理解しておるし……先の戦いも、正々堂々としたものじゃった……しかしのぅ……」

「……それだけじゃないんです。あの魔王の目は……決して己の欲望のために戦っている者の目じゃなかった……誰かのために刃を振るっているような、そんな強い決意があって……だから、少し引っかかっています」

ヒカリの言葉を聞き、彼女の仲間たちも複雑そうな表情を浮かべる。

確かにヒカリの言わんとすることは理解できるし、聞いてみれば納得もできた。しかし、だからどうすると問われても難しい内容と言えた。

「……」

「「「ッ⁉」」」

直後『ハプティを除いた三人』は魔王が倒れていた方を振り向いた。

いつの間にかそこに現れた圧倒的な存在の気配を感じて……。

「……フィーア、どうして……こんなことを……」

「……ク……ロム……様」

突如現れた少女は、ゆっくりと倒れた魔王を抱き起こし、目に涙を浮かべながらその名を呼ぶ。

魔王もまだ微かに意識が残っていたみたいで、少女の呼びかけに薄く目を開き、かすれた声を発した。

「……フィーアが……死んじゃったら、どうするの……ボク、嫌だよ……悲しいよ」

「……あ、あぁぁ……クロム様……わ、私は……」

「ごめんね……ボクがちゃんと話さなかったから……そのせいで、フィーアは……」

「ちが、違います……私は、自分の意思で……私が……あ、ぁぁぁ……クロム様、泣いて……私の……せいで……」

涙を流しながらフィーアに語りかけるクロムエイナ。その姿を目にして……いや、クロムエイナが現れた瞬間から、ヒカリたちは一歩も動くことができず、瞬きすら行えていなかった。

「……なん……じゃ……あの『化けもの』は……」

ラグナが震える声で、絞り出すように呟く。ヒカリとフォルスも、同様の思いだった。

彼女たちは魔王を打ち倒した……魔王は、その名に恥じずあまりにも強大な力を持っており、まさに死闘と呼べる戦いの末の辛勝だった。

しかし、なんの冗談かと叫びたくなるが、いま目の前に現れた少女から感じる力は……魔王が赤子に思えるほど圧倒的なものだった。

ヒカリたちにとっては、まさに絶望だろう。この存在には絶対に勝てないと……彼女たちの本能が、あまりにも強く叫んでいる。

しかしクロムエイナはそんなヒカリたちの方を向くことはなく、フィーアと何度か言葉を交わし……フィーアが気を失うと、辛そうに目を閉じる。

その直後、城の天井がまるで最初から存在しなかったかのように消え、あまりにも巨大な竜の顔が現れた。

それだけではない、クロムエイナの後方に突如木が生えたかと思えば、その両側には火柱と氷柱が出現した。

木は葉の髪の女性へと姿を変え、砕け散った氷の中からは、淡い光を纏って宙に浮く少女が、火柱を押しのけて巨大な魔獣が、それぞれ姿を現した。

そしてもうひとり、いつの間にかクロムエイナの右隣には顔の見えないローブ姿の存在が音もなく佇んでいた。

あまりにも強大な魔力、あまりにもすさまじい存在感……一目見れば、現れた者たちがすべて圧倒的な強者であることが本能で理解できた。

「ぁ、ぁぁ……」

それは果たして、誰が零した声だったのか……絶望の上に、更なる絶望が重なったような……。

そんな彼女たちの前で、クロムエイナはゆっくり涙を拭いて立ち上がる。

「……初めまして、人界の勇者。ボクの名前は、クロムエイナ……少し、ボクたちの話に付き合って欲しい」

美しく響くその声は……確かな、王としての威厳に満ちあふれていた。

＊＊＊＊

「……どうしても、行くのですか？」

「……はい」

魔界の存在が勇者を介して人界に伝わり、魔界と人界の休戦協定が結ばれてから数ヶ月……治療により傷の癒えたフィーアは、人界との話し合いで忙しくしているクロムエイナには会わないまま去ろうとしていた。

それを見送るアインの表情も優れない。

「……クロム様は、それを望みませんよ？」

「それでも、私にはもう……クロム様に合わせる顔はありません」

「……そうですか」

治療の傍ら、クロムエイナから真実を聞いたフィーアは……ようやく、己の大きな過ちに気付いた。

そして、深く、深く後悔した……しかし、いくら後悔しても、彼女に時を戻す術はない。

己の過ち、己の罪……心を焼く炎を受け入れ、背負い続けなければならないと、そう理解していた。

「フュンフにも、会わずに行くつもりですか……」

「会えないですよ……」

「……」

アインに深く頭を下げ、フィーアは家族たちのもとを去った。

クロムエイナは、彼女の家族たちは……皆フィーアを庇ってくれる。守ろうとしてくれる……いまの彼女には、それが……家族たちの優しさが、あまりにも辛く苦しかった。

もう二度と愛する家族のもとへは戻らない。それが罰のひとつなのだと自分に言いきかせつつ、アテのない贖罪の旅に出ようとしたフィーアの前に、ひとつの影が現れた。

「……シャルティア様……」

「……言っておきましょう。私は魔界に混乱を呼び寄せた貴女を許しはしない……たとえ貴女自身が『人間の命を奪わないように手加減』していたとしても、貴女が呼び寄せた馬鹿共の不始末の責は、貴女にある」

「……はい」

「本来なら、私は貴女を始末していました。しかし、私に頭を下げ『どうか……』と頼んだクロさんに免じて、一度だけ貴女を見逃します」

シャルティアは、六王の中で唯一最後までフィーアを殺すべきだと主張していた。

無論彼女とて、家族への情はある……しかし、必要であればそれも捨てる。基本的に個よりも全を取る彼女は、今回の件に納得はしていなかった。

しかし涙ながらに自分へフィーアの許しを乞うたクロムエイナの嘆願を、無下にすることもできず……一度だけ、見逃すという答えを出した。

「……ですが、次はありません。次に貴女が世界に混乱を招くようなことをすれば、その時は私が貴女を殺します」

「……はい。ありがとうございます。シャルティア様」

「変な子ですね。次は許さないと言われて、ありがとうですか？」

「……いまの私には、貴女様の厳しい言葉が、とてもありがたい……」

「……」

自分は許されてはいけないという考えが根底にあるフィーアにとって、家族たちの優しさは辛く……シャルティアの厳しい警告はありがたかった。

それを口にしてから深く頭を下げ、その場を立ち去ろうとするフィーアの背中に、シャルティアは声をかける。

「……貴女の進もうとしている道の先に、救いなんてありませんよ」

「……わかっています。それでいいんです……それが、いいんです」

あるいはフィーアが己の罪から逃げる弱さを持っていれば、結果は違っていたかもしれない。しかしフィーアは己の罪から目を逸らさなかった。罪を罪として受け止め、一生をかけて償うことを固く誓っていた。

「……もっとも『誰かが強引に貴女をその道から引き離す』なら……貴女の贖罪を認めたうえで、それでも貴女の幸せを願うような、奇特な存在でも現れれば……結果は変わるかもしれませんね」

フィーアが見えなくなってから、ポツリとシャルティアは呟いた。

少なくとも現時点で、彼女の知る限りフィーアを救える存在はいない。あの勇者の少女でも無理だろう……あの少女はもう、フィーアと対峙することはできない。

もしフィーアを救える可能性があるとすれば……彼女の罪をすべて知り、認めたうえで、いまの彼女を尊重し救おうとするような……そんな存在だけ。

現時点では現れない。でもいつか現れるかもしれない……己自身も待ち続けている奇跡を、去っていった家族に対し、ほんの少しだけ祈り……シャルティアは姿を消した。

＊＊＊＊

すべてを話し終えたフィーア先生は、一度息を吐いてから俺の方を見る。

「……これが、私が君に隠していたことだよ。軽蔑した？」

「いえ、その、正直まだ頭が追いついてないですが……軽蔑とかは……」

「そっか……ありがとう」

フィーア先生が魔王だったからといって、そのことを理由に彼女を非難する気はない。

ただ、あまりに多くの情報が頭に入ってきたせいで、思考が纏まってくれず、曖昧な返事しかできない。

そんな俺を見て、フィーア先生は微笑みを浮かべて口を開く。

「……だから、私は六王祭には行かない……行けないいんだ。せっかく誘ってくれたのに、ごめんね」

「あ、い、いえ……」

「でも、ミヤマくんが誘ってくれたことは、嬉しかったよ。それじゃあ、夜遅くにごめんね。転移魔法で帰るから大丈夫だと思うけど、気を付けて帰ってね」

それだけ言って、フィーア先生はとても寂しそうな微笑みを浮かべ、俺に背を向けて祈りの姿勢になる。

これ以上話すことはないと言いたげなその様子を見て、なにも言うことはできず……俺は一度フィーア先生に頭を下げてからその場をあとにした。

転移魔法で帰ってもよかったのだが、頭の中を整理する時間が欲しくて、少しだけ薄暗い道を歩くことにする。

静かで涼しい夜の空気の中、俺の足音だけが響く。

「……なぁ、アリス」

「……なんですか？」

「……クロは、フィーア先生のこと……」

「知ってますよ。会ってはいないみたいですけど……」

呼びかけるとアリスが俺の隣に姿を現し、ゆっくり歩く俺と同じ歩幅で夜道を歩きながら質問に答えてくれる。

「……クロは……その……『シンフォニア王都によく来るのか？』」

「……ええ、クロさんは食べ歩きが趣味なので、あちこちに出かけてますが……この王都だけ、ほかよりかなり高い頻度で訪れてますね」

「それは、やっぱり……」

「まぁ、間違いなく、それとなく彼女の様子をうかがうためでしょうね……だから、王都に来る時は、よくヒカリさんを連れてきていました」

「そっか……」

アリスの言葉を聞きながら、いまだ纏まらない頭で考える。

これは果たして、第三者である俺が容易に踏み込んでいいようなものなのだろうか？

フィーア先生がもし、俺が想像していた魔王のように傲慢だったなら、俺は彼女を責めることもできたかもしれない。

しかし、フィーア先生は過去の行いを悔い、苦しみながら償い続けている。

「……なぁ、アリス。俺は、どうすればいいと思う？」

気付けばそんな言葉が口から出ていた。自分にはなにもできないと思うが、忘れることもできない……このままでいい、とも思えない。

「……わかりません。それは、私が口を出すべきことじゃないです」

「……そうか」

「でも、私は……カイトさんの意見を、尊重しますよ」

「……ありがとう」

受け取り方次第では、冷たい意見に聞こえたかもしれない。でも、アリスの言葉は……どんな道を選んでも構わない、手助けが必要ならいつでも手を貸すと……そんな、とても優しいものだった。

アリスにお礼の言葉を告げてから、しばらく夜道を歩いたあとで、俺は転移魔法を使って自分の部屋に戻った。

＊＊＊＊

一夜明けても、心の奥はもやもやとしたままだった。ことがことだけに、リリアさんたちに話すわけにもいかない。

そうして悩み、その日は珍しく外出もせずに部屋の中で物思いにふけっていた。

しかし長く考えたからといって、どうすると結論が出る問題でもない。いや、そもそも俺はなにに悩んでいるのかすらわからなくなってきた。

俺には関係のないことだって割り切れれば一番楽だったのかもしれないが、どうもこの厄介事に関わろうとするのは性分みたいだ。

「……カイトくん？」

「え？　ああ、いらっしゃい」

いつの間にか部屋にいたクロに、少しぎこちない笑みを返す。

クロのことだから、俺がフィーア先生と話したのは知っているんじゃないかと思う。だからいまも、少し浮かない顔をしているんだろう。

「……フィーアと会ったんだね」

「うん。いや、まぁ、知らずに知り合ってたってのが正しいけど……」

「……フィーアの話を聞いて、カイトくんはどう思った？」

「……わからないってのが、正直な感想だよ」

いや、もしかしたら少しフィーア先生贔屓の気持ちを抱いているかもしれない。

俺は魔王だった頃のフィーア先生をこの目で見たわけじゃない。俺が知っているのはいまのフィーア先生だけだ。

少し抜けてて、いつも誰かのことを考えてる優しい方……それが、俺がフィーア先生に対して抱いた印象。

「なぁ、クロ？　ひとつだけ、聞いていいか？」

「うん」

「……フィーア先生に、会いたいか？」

「……うん。会いたい。だって、大事な『家族』だもん……会って、話がしたいよ」

寂しそうな顔でそう告げるクロ……『家族』か……。

フィーア先生は自分のことを、クロの元家族だと言ったけど、クロは迷うことなく家族だと告げた。いや、本当はフィーア先生だってそうなんだろう。

クロのために戦争を起こそうとしたぐらいなんだから……クロに会いたくて仕方ないんだろう。

「……でも、フィーアはボクと会うと『また』傷ついちゃうと思うから……会えない」

「……そっか」

たぶん、これが一番大きな要因なんじゃないかな？　フィーア先生は、クロを泣かせてしまったことへの罪悪感。クロも自分が本心を語らなかったことが原因で、フィーア先生が魔王になってしまったことへの罪悪感。

互いに相手に対して負い目を感じているからこそ、大切に想い合っていてもすれ違ってしまっているんだろう。

ああ、そうか……ようやく、なんで俺がこんなに悩んでいたのか、その理由を理解することができた。

俺は……『なんとかしてあげたい』んだ……フィーア先生とクロを再び会わせてあげたい。

でも、クロもフィーア先生も相手に会えないと告げた。だからこそ、どうするのが正解かがわからず悩んでいたんだ。

家族間の問題に対して、部外者である俺が首を突っ込むのは余計なお世話なのかもしれない。俺には関係ないこと、なんて割り切れたらきっと楽だろう。

でも、やっぱり駄目だな。どうも俺は、一度関わってしまったことを途中で投げ出したり、そういうことができない人間らしい。

なら、悩んでいても仕方ない……もう一度フィーア先生に会ってみよう。

正直ノープランもいいところだけど、まずは話をしてみなくちゃ始まらない。

エピローグ

神界の中心、神域に……ふたりの神の姿があった。片やこの世界の創造主たるシャローヴァナル。片や異世界の神たるエデン。両者は同じテーブルに着き、向かい合う形で紅茶を飲んでいた。

「……上機嫌そうですね」

「ええ、ひとつの舞台の幕が上がったわけですからね。しかし、貴女はさほど興味はなさそうですね。いえ、ほかのことに関心が向きすぎているのでしょうかね」

呟くように告げたシャローヴァナルの言葉を聞き、エデンは微かに笑みを浮かべながら告げる。またひとつ大きな出来事が始まりを迎えたと……。

「ところで、貴女が検討するといった例の件はどうなりましたか？」

「そうですね。今回の訪問は私としても実りの多いものになりましたし、こうして引き続き訪れることを許可してくれていることには感謝もしています。私自身の興味もあり、貴女への感謝もある……であれば、応じぬという答えは出せそうにありませんね」

「それでは……」

「ええ、貴女の要求を呑み……愛しい我が子の両親、『宮間明里《みやまあかり》』、『宮間和也《みやまかずや》』……その両名の『魂を貸し出しましょう』」

そう、それはシャローヴァナルが長らくエデンに求めていたものだったが、なかなか色よい返事をもらえていなかった。というのもエデンは自らが創り出した世界の住人を我が子と呼んで溺愛しており、貸し出しとはいえ、我が子の魂を渡すのを渋っていたからだ。

しかし、エデンが快人に対し強い興味を抱いたことと、その発端となったシャローヴァナルに感謝していることもあって、ついにエデンはシャローヴァナルの願いを聞き入れた。

「事情の説明が必要でしょう。先んじて片方のみ貸し出しをしておきましょう。残る一名は、必要となる直前ということでいかがですか？」

「それで問題ありません。感謝します、地球神」

「私としても、愛しい我が子の出す答えが楽しみです……貴女の出す答えも……」

「……」

エデンの言葉にシャローヴァナルはそれ以上なにも答えず、ただ静かに紅茶のカップに映る己の顔を見つめていた。

Special

キャラクターデザイン大公開

『勇者召喚に巻き込まれたけど、異世界は平和でした 11』に
登場する主な新キャラクターを、
おちゃう氏によるデザイン画とともにご紹介！

Illustration：おちゃう

リスティア・アスモデウス

幻王配下の幹部である十魔のひとり。コードネームは『リリム』。最強の淫魔（サキュバス）で、『嘲笑する悪夢』と称される伯爵級最上位の魔族。アルクレシア帝国前皇帝の側室で、一人娘であるクリスのことを溺愛している。

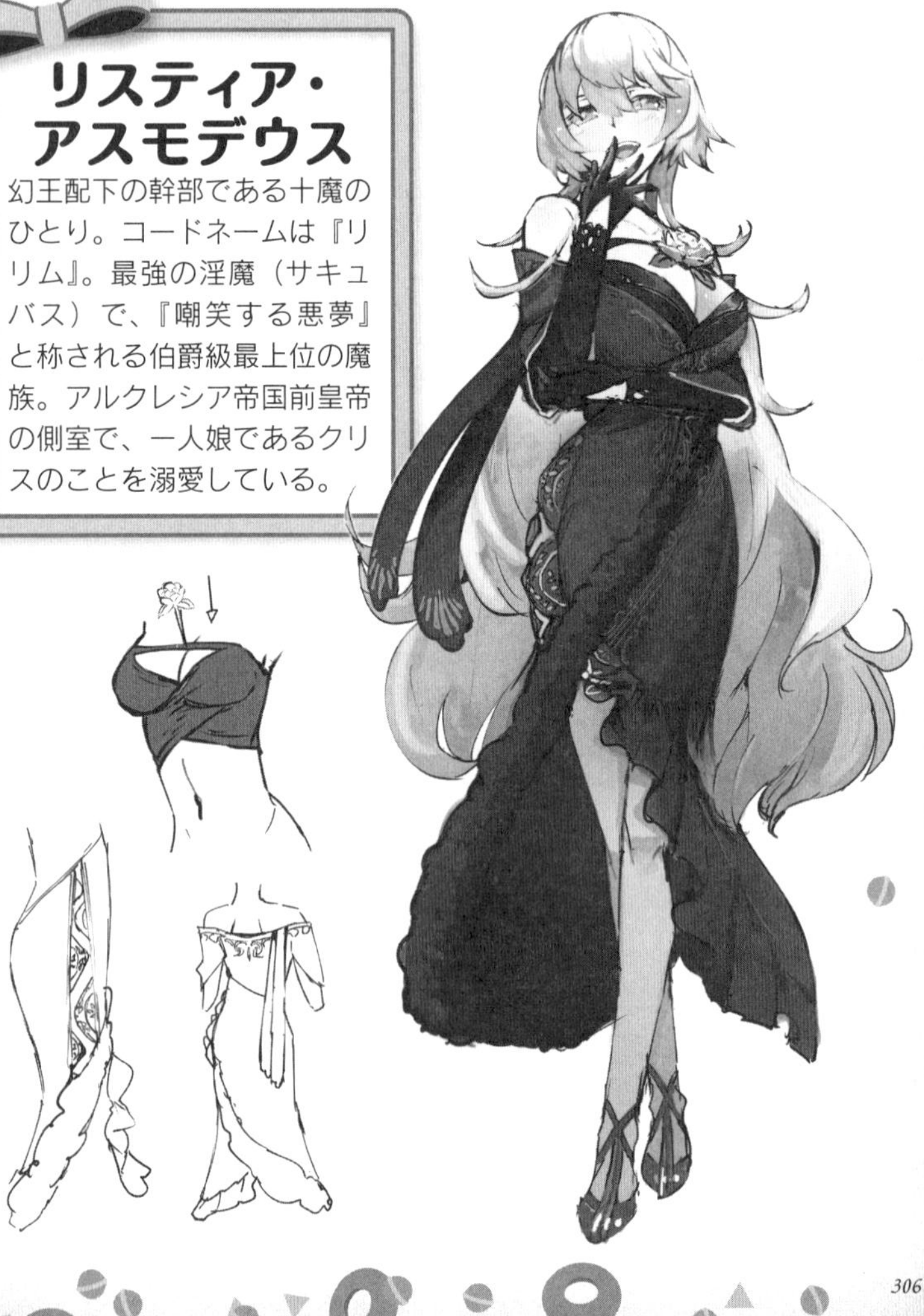

あとがき

このたびは『勇者召喚に巻き込まれたけど、異世界は平和でした』の第十一巻を手に取っていただき、本当にありがとうございます。

今回は中盤の節目ともいえる魔王編への導入といった感じで締めとなりました。次回はシリアス先輩も楽しみにしてくれていそうですね。

今回の新キャラとしては、クリスの母親であるリリムが登場しました。このキャラもWEB版では六王祭での登場なので、先んじての登場になりますね。というか、実は六王祭で登場する新キャラが多すぎて、こうして先に小出しにしているという裏事情もあったりします。

次巻の魔王フィーアを巡る戦いに関しては、前もって登場しているキャラたちの影響もありWEB版とはまた違った形になるかとは思います。書き下ろしも多めになりそうで、私としては少々大変だなぁと思ってはいますが、楽しみに待っていただけたらとても嬉しいです。

そして魔王編が終わると次はいよいよ六王祭編ですね。これもなかなかに長くなりそうですが、こっちにシリアスはほぼありません。基本的に快人と恋人たちが祭りを楽しむ感じで、ある意味でこの作品らしくなるかとは思います。

といった感じで、最後まで読んでくださってありがとうございました。また次巻のあとがきでお会いできたら嬉しいです。

灯台

勇者召喚に巻き込まれたけど、異世界は平和でした 11

2021年6月6日 初版発行

【著　　者】灯台

【イラスト】おちゃう
【編集】株式会社 桜雲社／新紀元社編集部
【デザイン・DTP】株式会社明昌堂

【発行者】福本皇祐
【発行所】株式会社新紀元社
〒101-0054　東京都千代田区神田錦町 1-7　錦町一丁目ビル 2F
TEL 03-3219-0921 ／ FAX 03-3219-0922
http://www.shinkigensha.co.jp/
郵便振替　00110-4-27618

【印刷・製本】株式会社リーブルテック

ISBN978-4-7753-1907-9

本書の無断複写・複製・転載は固くお断りいたします。
乱丁・落丁本はお取り替えいたします。
定価はカバーに表示してあります。

Printed in Japan
©2021 Toudai, おちゃう / Shinkigensha

※本書は、「小説家になろう」（http://syosetu.com/）に掲載されていたものを、改稿のうえ書籍化したものです。